JN230185
アキトはカードを引くようです
AKITO SEEMS TO DRAW A CARD
川田両悟
ILLUSTRATION
よう太
2

美しき負けず嫌い
メリッサ
Melissa
アキトのチームメイト。
色々と残念だと発覚。
金銭特化秘書カード
キャロル
Carol
アキトが引き当てた
運命の秘書カード。
お金大好き。
新米
カードマスター
高槻アキト
Akito Takatsuki
炭鉱の元労働者。
バトルカード大好き。

勝利後の打ち上げ
wrap-up party
オールラウンダーな
秘書カード
ヴィクトリア
Victoria
ナツメに仕える秘書カード。
主を慕いすぎている。
寡黙な少年
ナツメ
Natsume
アキトとメリッサとの
３人組チームの一員。
毒舌。

「ふんふーん……」

温かなシャワーが降り注ぎ、一糸纏わぬ
その瑞々しい肌をなで回していく。

――そこに、ナイトが立っていた。

【暗闇に舞い降りた闇を断つ白銀の闇を切り裂くナイト】
アルファロメオ
Alfa Romeo
アキトの初めてのバトルカード。クセが
強く扱いづらいとされているが……。

AKITO SEEMS TO DRAW A CARD

CONTENTS

アキトはカードを引くようです 2

川田両悟

MF文庫J

口絵・本文イラスト●よう太

プロローグ

AKITO SEEMS TO DRAW A CARD

コロッセオに、砂塵が舞った。

乾いた口内から熱く荒い息が漏れ、心臓が早鐘のように動悸を繰り返す。

試合場を取り囲む観客席から熱狂の声が轟き、熱気がどこまでも広がっていく。

眼前には、三人と三枚の敵。

傍らには、共に戦う二人の仲間と三枚のカード。

その日……高槻アキトは、コロッセオにおいて大きな勝負に身を置いていた。

「……ロメオ！　来るぞ！」

「わかっている！」

アキトが吠え、その相棒であるバトルカードが答えた。

全身鎧に身を包み、盾と剣を構えた騎士風の男。

アキトの手札であり、そして相棒である【暗闇に舞い降りた闇を断つ白銀の闇を切り裂くナイト】、その名をアルファロメオという。


【暗闇に舞い降りた闇を断つ白銀の闇を切り裂くナイト】

AP：3800　DP：4000　唯一無二のナイト　男性

アキトの操るまま、ロメオが力強く地面を踏みしめ、跳ねるように駆け出した。

アキトの手に握られた一枚のカード。〝バトルカード〟と呼ばれる種類のカードであるロメオはそこから飛び出し、持ち主の意のままに動く存在だ。

持ち主であるアキトと意思を重ね合わせ、軽快な動きでロメオが試合場を駆けていく。

だがその動きに合わせるように、20m以上離れた位置に構えていた敵カードが猛烈な勢いで銃弾を放ってきた。

それも一発や二発ではない。その機械のカードの、人間でいえば両手に当たる位置に備え付けられた長大なバルカン砲二門がうなりを上げて回転し、ひと連なりの炎のように無数の銃弾を吐き出し続ける。

そしてそれらは一瞬にも満たない時間で、ロメオめがけて殺到した。

人の目では決して捉えきれぬ速度の銃撃。普通ならば、狙われた者は即座に蜂の巣と化し吹き飛ばされているところだ。だが、捉えきれぬはずのその弾道を、アキトは確かに目で捉えていた。

ただし、己の目で、ではない。相棒であるロメオの目を通してだ。

人を遙(はる)かに超える身体能力を持つバトルカードにとって、銃弾を目で追うことはそう難しいことではない。いや、それどころかロメオは放たれる前に敵の砲の向く位置でその後の弾道を予測し、それに併せてすでに回避行動すら開始していた。

人とはかけ離れた、圧倒的なまでの戦闘機動。バトルカードを通してならば、それが可能となる。

「ふっ……！」

いくつもの銃弾がロメオの側を掠め、後方に飛び去っていく。

ロメオはそのまま俊敏に動き回り敵に的を絞らせず、また避けきれないものに関しては左手に構えた円形の盾で防いでみせた。相手のＡＰはロメオのＤＰを大きく上回っており、少し防いだだけでも僅かにロメオの体勢が崩れたが、それでもすぐに立て直し再び回避運動を始める。

「うおおおっ、いいぞ、いけえ！」

「おい頑張るんじゃねえ、とっととくたばれえええ！」

試合場を取り囲んでいる観客席から、歓声や罵声が響いてくる。アキトたちに賭けている者、その対戦相手に賭けている者。それぞれが敵味方に分かれ、望みの結末にたどり着く瞬間を待ち焦がれている。

ここは、女神が作りあげた装置〝デウス・エクス・マキナ〟、その中に存在する仮想の戦闘領域、〝コロッセオ〟。

この世界で最も公平な戦いの場にて、カードを自在に操り戦いを繰り広げる〝闘士〟の一人として、高槻アキトはこの日も激しい勝負を繰り広げていた。

（……やはりこいつら、手強い……！）

目の前には、三枚の戦闘兵器。金属の装甲に覆われた四角いボディと、一対の逆関節の足。その両手に当たる部分に秒間１００を超える速度で弾丸を吐き出すバルカン砲二門を備えた、全長８ｍもの巨体を誇る量産型カード。

【メックアームズ　Ｃ－１４　レイジー】だ。

【メックアームズ　Ｃ－１４　レイジー】
ＡＰ：５３００　ＤＰ：３８００

その胴体からは、さらに小さい箱のようなメインカメラが飛び出しており、それで捉えた目標に対してＡＰ：５３００相当の火力をばらまき続ける恐るべき破壊兵器である。

その優秀な量産型カード三枚で編成されたチーム。それが今日のアキト達の対戦相手であった。

そしてその三枚が、今、恐るべき連携をもってアキト達三人のカードを追い込み続けている。

「くっ……駄目、攻め込めないわっ……。ちょっと、なんとかしなさい、あなたたち！」

隣に立つ仲間の一人、カードの使い手〝マスター〟の一人でありコロッセオの女闘士でもあるメリッサ・ローが焦りの籠もった声を上げる。

整った美しい顔立ちと、均整の取れたプロポーション、そしてその外見からは想像もできないほど苛烈な戦い方で人気を誇る彼女であったが、流石にこの状況には苦しんでいた。

「……焦らないで。反撃の機会はきっと来る」

逆側に立つ、もう一人の仲間マスターであるナツメがいつも通りの飄々とした態度で応える。こんな状況でもどこかけだるげな、細身の美少年。

だが、その瞳はこの状況を打開する瞬間を狙って、鷹のように鋭く戦闘領域全体を見回していた。

今、アキトたち三人のチームは、コロッセオにおいてルールの一つである〝３ＯＮ３〟の試合に挑んでいるところであった。

３ＯＮ３とはその名の通り、マスター三人対三人によるチームバトルだ。

互いに、マスター一人につき一枚だけバトルカードをコールし、カード同士で戦い合う。どちらかのバトルカードが全滅するか、棄権を宣言すればそこで試合終了。勝者は互いのチームが賭けた金を全て受け取り、さらに観客による賭けが成立していればその配当にも預かれる。

そして、この試合での賭け金は敵味方併せて実に600万GP。高額の試合と言ってい い。

その半分の300万は自分たちが出した金額であるからそのまま儲けになるわけではないが、それとは別に今回は観客による賭けも成立しており、勝てば試合の手数料3%をさっ引いても一人頭100万GPを軽く超える賞金を受け取れる。

100万GPは庶民的感覚で言えばかなりの高額であり、普通の仕事で稼ごうと思えば何ヶ月もの労働が必要になる。わずか数十分のファイトでそれだけ稼げたならば当然ながらかなりおいしいが、逆にもし負ければ相当の痛手と言わざるを得ない。

つまりこの試合は、アキト達にとってどうしても勝ちたい試合である。だが、それだけの賭けが成立する相手は当然ながら手強い。

今まさにアキトたちが相手取るチーム、その名も〝青港の猟犬〟という名のチームは三体の量産型を使い、恐ろしいまでに息の合った連携を見せつけてきていた。

試合開始と同時に、散開しながらバルカン砲による銃撃を途切れることなく浴びせてきて、こちらが前に出ようとすればその瞬間に火力を集中させてこちらの頭を押さえつけてくる。

狙いも正確で、また一枚一枚の攻撃が互いの隙を庇うようにして放たれ、アキトたちはそれに対応しようと動くうち、いつの間にやら防戦一方においやられていた。

相手は遠距離を得意としているカードなのだから、近づかねばならないことは誰でもわかるが、なにしろ相手の作り出した状況がそれを許してくれない。

結果、アキト達はじりじりと焦れながら益のない消耗戦を強いられていた。

《おおっとぉ！　チーム〝絶対者メリッサと愉快な仲間達〟、押されているぅ！　チーム〝青港の猟犬〟の猛攻に為す術なしかー！》

興奮した様子の実況の声がコロッセオに響き渡る。どちらが有利かは一目瞭然だ。

このままでは負ける……。アキトの額に嫌な汗が湧いてきた。

なお、余談ではあるが彼らのチーム名は仲間であるメリッサの発案である。

「だあーっ、なにやってんですかマスター！　今回は多額の賞金がかかってるんですよ！　金、金、たくさんの金がかかってるんです！　死ぬ気で勝たんかいー！」

機械で増幅された実況の声にも負けないほどの声量の怒声が、観客席から飛んできた。

アキトの秘書カード、キャロル・オールドリッチのものである。その振り上げられた手には、アキトたちに賭けた券が何枚も握られていた。

「駄目だわ、やっぱり敵の牽制が上手くて飛び出せない……！　何か策はないのアキト！」

「そう言われても、こう攻撃の密度が高くちゃ……！」

メリッサが悲鳴のような声を上げるが、アキトとしてもどうしようもない。

本来ならば敵のリロードなどを待って押し返したいところだが、敵チームはそれぞれがバルカン砲のリロードをずらし、攻撃が常に途切れないよう銃撃を浴びせてきているのである。

「……多少無理にでも、仕掛けるしかないか。二人とも、相手の視線を少しでいいから切って。その間に、僕のカードで飛び込むから」

動揺する二人を尻目に、ナツメが落ち着いた声で告げた。

「了解……やってみる！」

「仕方ありませんね、今回は花を持たせてあげます！」

どうやらナツメになにか考えがあるようだと気づくと、それを受け入れ、アキトとメリッサ、二人が同時に動いた。

「いくよ、ロメオ！」

言葉と共に、アキトが己の命とも言える、カードをしまい込むための装置〝カードホルダー〟からカードを抜き取る。大きく分厚い本のような外見をしたホルダーから解き放たれたカードは、アキトの手の中で光を放ち、続く解放の言葉を受けてそれを爆発させた。

「ロメオ、メインスキル……〈アキュネイオンの大盾〉！」

「うおおおお！」

光り輝いたスキルカードが砕け散り、その力がアキトの手札であるアルファロメオに注ぎ込まれる。瞬間、ロメオの手にした盾が強烈な光を放ち、次いでそのスキル効果によって、周囲の敵からの銃撃、その全てを引き寄せた。

ロメオの自慢とするメインスキル、『アキュネイオンの大盾』が発動したのだ。

【暗闇に舞い降りた闇を断つ白銀の闇を切り裂くナイト】メインスキル：〈アキュネイオンの大盾〉
使用後わずかな時間、自身のＤＰを二倍にし、周囲の敵からの攻撃を自分の盾に引き寄せる。この効果中にダメージを受けた場合このカードが破壊されることはないが、ダメージの蓄積がこのカードの体力を上回っていた場合、効果終了後にこのカードは破壊される。また使用後にこのスキルを再度使用するにはクールタイムが必要となる。

一瞬で、無数に飛来していた銃撃が角度を変え、ロメオの盾、その一点に集中する。

「おおおおっ……！」

何十という攻撃が雨のように降り注ぎ、思わず衝撃で吹き飛ばされそうになる。だがロメオは体を前に傾けてがっしりとそれを受け止め、それどころかスキルの効果で倍加したＤＰに物を言わせ強引に前進を始めた。

一歩、二歩と歩みを進めるが、このスキルは強力な反面、効果時間が極めて短い。ろくに進まぬうちに盾の光が弱まり、その効果が切れそうになるが、その直前、メリッサが己の手札に命令を出した。

「今よ、マスラオ！　敵の視界を遮りなさい！」

「承知！」

主に命じられるままに、マスラオが跳ねた。【武装真徹甲　マスラオ】。アキトのチームメイトであるメリッサのバトルカードだ。

【武装真徹甲　マスラオ】
ＡＰ：４６００　ＤＰ：５０００　改造人間　男性

「はあっ！」

顔の反面と両腕が機械化した改造人間であるマスラオが宙を舞い、そのままロメオの前方あたりに着地する。そしてその勢いのまま地面に拳を突き刺し、気合いと共に、その腕から己の力の源である体内蒸気を噴出させた。

凄まじい勢いのそれが土と砂を巻き上げ、試合場に大きく土煙が上がる。

それにより、青港の猟犬チームはマスラオたちの姿を一瞬で見失った。

「ちいっ、古典的な手を……！　構わん、おおよそで撃て！　敵に時間をやるな！」

青港の猟犬のリーダーが吠え、命じられるままにレイジー三枚がなおも弾丸をばらまく。

だが、狙いのついていないそれはほとんどが虚しく土煙の中を通り過ぎていき、命中コースの僅かばかりの弾もロメオやマスラオの防御を抜けるものではなかった。

連携や狙いの正確さを売りにしていたチームの戦術が、崩れた。

「今だ……。アンジェリカ、跳んで」

「はいっ……！」

その瞬間、ナツメの指示に従い、ロメオらの背後に控えていた小柄な影が土煙の中から飛び出した。ゴスロリのような衣装を身に纏った、少女の姿をしたそれは恐るべき跳躍を見せ、レイジー一体の上にふわりと着地する。

「やああっ……！」

そのまま、鋭い爪の飛び出した右手を勢いよく振るう。それは少女然としたその姿から想像できないほどの破壊力を発揮し、レイジーの装甲をたやすく切り裂いた。

「くそっ、追い払え！　接近戦は不利だ！」

相手のマスターの一人がそう叫び、レイジーに身を振らせて振り落とそうとするが、アンジェリカと呼ばれた少女は必死にしがみついてなおも攻撃を続ける。

爪がまた装甲を削り取り、さらにはバルカン砲の砲身を切り裂いた。

「くそっ、こいつっ……！」

残り二人の敵マスターの判断に、一瞬迷いが生じる。マスラオたちへの銃撃を続けるべきか、それとも飛び込んできたこのカードをどうにかすべきか。

「よしっ、敵の陣形が乱れた……っ。行きなさい、マスラオ！」

「任されよ！」

そして、その機を逃がすまいとマスラオが突撃を敢行する。それに気づいた敵マスターが慌てて己のレイジーで銃撃を放つが、マスラオは独特の低い姿勢の走法でそれを避け、また避けきれぬものは顔の前で交差させた鋼鉄の両手で防ぎ、瞬く間に距離を詰めた。

銃ではもう追い払えないと判断した敵マスターは、レイジーの背後に備え付けられていたトゲ付きのサブアームを起動させる。そしてそのまま勢いよく振り下ろしてマスラオを叩き潰そうとするが、しかしこの動きこそがメリッサとマスラオの狙っていたものであった。

瞬間、流れるような動作でメリッサがスキルカードを放つ。

「マスラオ、メインスキル！」

「〈蒸気式・剛烈逆襲撃　甲〉！」

マスラオのメインスキル、相手の攻撃にカウンターで発動することで凶悪な性能を発揮するそれが放たれた。体内蒸気の力で弾丸のように放たれたマスラオの右の機械腕が、レイジーのサブアームと衝突する。ＡＰや図体ではレイジーが圧倒していたにもかかわらず、マスラオの拳は安々とそのアームを打ち砕き、甲高い音と共に粉々に吹き飛ばした。

そして、そのまま流れるような動作で大きく体勢を崩したレイジーに飛びかかると、

「ぬううん！」

気合いと共に、手刀をそのボディに叩（たた）き込む。強烈なその一撃でレイジーの装甲が砕け散り、中身が飛び散っても手刀は勢いを止めず、ついにはその一撃がコアにまで達する。

そして次の瞬間、レイジーは内部から爆発を起こしてはじけ飛び、それと連動して、相手のチームの一人が手にしていたカードが甲高い音と共にはじけ飛んだ。

〝割れた〟のだ。許容量を超える攻撃を受けたカードが破壊され、手元から失われることをそう言う。

見事に敵の一枚をワンチャンスで撃破してみせたメリッサがにやりと笑って、仲間たちに声をかけた。

「よしっ……！　このまま終わらせますよ、二人とも！」

「ああ、わかったメリッサ！」

「了解」

応えたアキトがロメオを走らせ、そしてメリッサとナツメ、二人の仲間もそれぞれさらなる攻撃を開始する。先程まで不利だった戦場は、今やアキト達（たち）三人の息の合った連携により一方的な狩り場へと変貌しようとしていた。

「くっ……待て、降参（サレンダー）だ！　降参する、もうやめてくれ！」

《それまで！　降参により、勝者、メリッサ以下略チームー！》

その瞬間、相手チームの一人が降参を宣言し、即座に実況により勝敗が告げられる。

一枚を割られ、有利な遠距離戦から不利な近距離戦へと状況を変えられた。得意の連携も二枚では十分に機能しない。もう勝ち目はない、そう判断したのだろう。そして、それは正確な判断と言えた。

これ以上戦って、無意味に手札を失うことは愚かだ。

「……よしっ！」

アキトが拳を握りしめ喜びの声を上げ、観客席から歓声が飛び、アキトら三人は少し上気した顔で集まって、勝利を讃(たた)えあった。

「やりましたね！　大きな勝負をモノにしました、これは大きいわ！　ご苦労様、二人共！」

珍しく興奮した様子で、メリッサが言う。

「ああ、相手の連携に押されて固められた時はどうなるかと思ったけど。さすがナツメ、前線を切り開くのはお手の物だな」

こちらもにこやかな顔のアキトがチームメイトの手腕を褒めた。

「……まあ、君たちのフォローが良かったからね」

ナツメだけはいつものクールな返事だったが、口元には僅かな笑みがあった。チームを組んで一ヶ月。まだまだ馴染みきれないチームではあったが、三人の間には確かに仲間としての連帯感が生まれつつあった。

「アンジェリカ、君もよくやってくれた。いい動きだったよ」

「あっ……。はい、マスター……。……お役に立てたなら、その……良かった、です」

ナツメが己の手札を振り返り、労いの言葉をかける。アンジェリカと呼ばれたカードは伏し目がちにそれに応えた。

黒みがかったブラウンの髪に、少しゴスロリを思わせる黒い服。青い右目と、眼帯に覆われた左目。【緋眼の吸血少女】という名前の、吸血鬼としての属性を持つナツメの所持カードの一枚である。

【緋眼の吸血少女】
AP：4500 DP：3800 吸血鬼　女性

「…………」

一方、アキトは、ナツメのその横で【緋眼の吸血少女】をじっと見つめていた。

素直に、いいカードだと思う。先程の爆発的な跳躍を生んだ脚力に、相手の装甲を易々と切り裂く爪による攻撃。さらに、吸血鬼系のカードはかなりタフなものが多いという。

アキトは目にしたカードが全てが欲しくなる病気であったが、このカードには特に興味をそそられていた。

どんな操作感覚なのだろうか。どこまで使い込めるだろう。アキトはまだロメオしか使ったことがないが、男性と女性のカードでは操作感覚もやはり違うのだろうか。

一度でいいから、使ってみたい。ナツメが手放そうとしたら、買わせてもらえないだろうかと思うほどに。

「っ……」

だがそんなアキトの視線に気づくと、アンジェリカは少し頬(ほお)を染めて目を逸(そ)らしてしまった。ナツメ曰(いわ)く、恥ずかしがり屋らしい。

……そうとも。だからけっして、俺の視線が気持ち悪かったとかではないはずだ。うん、間違いない。少しへこみながらも、アキトはそう自分を慰めた。

「さあ、とにかく、今日はまんまと大勝利ですね！　このまま店に繰り出して、しこたま呑(の)むとしましょう！　ついてきなさい、野郎ども！」

「…………」

「…………」

メリッサが上機嫌で言い、アキトとナツメの二人が憂鬱そうな顔をする。メリッサとの宴会は、長い上に彼女自体が絡み上戸なので正直つらい。

もちろん仲間と勝利を祝うことが嫌いなわけではないが、アキトとしては試合が終わったならばすぐに練習場に籠もって、いろいろと思い出しながらカード操作技術の鍛錬に勤しみたいところなのだ。

良かったところを思い出し、悪かったところを反省する。そうして、新しい動きを考え試してみて自分の技術を積み上げていくのだ。カードと練習が大好きなアキトにとっては、それこそが至福の時間なのである。

ふと、隣のナツメと目があった。すぐに彼は目線を逸らしてしまったが、おそらくあちらも同じようなことを考えていることは想像に難くない。

少しずつ分かってきたことだが、アキトと同じぐらい真面目に練習し、驚くほどそれに真剣に取り組んでいるのだ。このクールなチームメイトは。

徐々に彼らのことを理解し、その技術に触れ、自分自身が成長していくのを感じる。もちろん、メリッサたちもこうしているうちにいろいろなものを得ていることだろう。

得難い経験をしている、とアキトは感じていた。

ずっと彼らとこうして共に戦っていたいと思うほどに。

——もちろん、そんなわけがないことにもアキトは気づいていたが。

ファースト・ドロー　花の季節

AKITO SEEMS TO DRAW A CARD

1

「いやあ、しかし前の試合は本当によくやりましたねえ！　まさか、あの強豪相手にあそこから勝てるとは思いませんでしたよ！　皆さん、本当にお疲れ様でしたぁー！」

明るい日の光の差し込むリビングルームに、キャロの可愛（かわい）らしい声が響いた。

秘書カード、キャロル・オールドリッチ。細身の体に、銀色の美しい髪を後ろで編み込みおさげにした、どこか猫を思わせる少女風の外見。

ふわりとした藍色のトップスに、妙に短くふりふりと揺れるスカートを穿（は）いており、そこからはタイツに包まれた美しい脚がすらりと伸びている。更に言うと、身長150センチほどの小さくてよく動き回る彼女のその胸は、実際のところ平坦（へいたん）であった。

秘書カードとは、一度コールされればずっと出たままになり、一年の間マスターをいろいろと補佐してくれる存在だ。そしてそんな秘書カードであるキャロルこそが、高槻（たかつき）アキトの相棒にして、初めて引いた大当たりのカードなのである。

「ふふ、まあ当然ですね。対戦相手はなかなかの技量でしたが、やはり遠距離に偏りすぎてました。結局コロッセオで勝ちたいのならば、近接こそ鍛えませんと」

リビングの中央に置かれた木製のテーブル、その周囲に置かれたソファの一つに腰掛けたメリッサが、足を組んだまま得意げに言う。

肩まで切りそろえた栗色(くりいろ)の髪に碧(あお)い瞳、そして抜けるような白い肌をした気の強そうな女性。白を基調としたシックな服を纏(まと)っており、スカートの丈も長くそのボディラインは覆い隠されているが、それでもなお豊かな胸が体の真ん中で大きく自己主張をしていた。

「そうとばかりも言えないけどね。前回はどうにか無理めの突撃が通ったから良かったけど、もし相手がもう少し冷静だったら、僕の【緋眼(ひがん)の吸血少女】が飛び出した瞬間を空中で蜂の巣にされてたかも知れない。今回は、運とタイミングが良かっただけだよ」

その向かい側に座った少年が、自分の分の飲み物においしくもなさそうに口を付けながら答えた。

ナツメ——もう一人のチームメンバー。それが姓なのか名なのかも明かさず、黒を基調とした服に身を包み、美しい黒髪をした美少年。歳(とし)は、おそらく十代半ば。その若さでありながら、アキトやメリッサと同等以上に戦ってみせる、冷静で頼りになる仲間だ。

「……またあなたは、すぐそうやって水を差す……。その運やタイミングを引き寄せるのも実力のうちでしょう。勝利をちょっとは喜んだらどうなんです？」

「喜んでるさ。けど、反省点もあった、ということさ。あんな一(いち)か八(ばち)かの勝負になる前に、もう少しうまく試合を展開できていれば、もっと余裕を持って勝てた。点数を付けるなら、100点満点評価で45点ぐらいの試合だったね」

「あなたねぇ……！」

少し苛立った様子でメリッサが立ち上がり、何かを言い返そうとしたところで、ナツメの隣に座る片目を髪で隠した女性が口を挟んだ。

「まあまあ、メリッサ様。そうお怒りにならず、大目に見てくださいませ。我がマスター、ナツメ様は思春期まっさかりですのでどうしてもこういう物言いをしてしまうのですわ。でも、本当は悪く思ってらっしゃらないのですよ。これはいわゆる一つのおツンデレでございます」

「……だれがツンデレだ。ヴィクトリア」

その美女、二十代前半頃に見える、レディスーツを身に纏ったヴィクトリアという女性の言葉に、ナツメが苦々しくツッコミを入れた。

「あら、本当の事でございましょう？　本当はお優しいのに、つい心にもないことを言ってしまわれるのですから。この前だって……」

「うるさい、黙れ」

普段は無表情なナツメも、この女性相手には感情的な一面を見せる。その様子に毒気を抜かれたかのように、立ち上がっていたメリッサは憮然とした表情でソファに座り直した。

そんな彼らのやりとりを微笑ましく見つめながら、そこでアキトが口を挟む。

「まあ、なんにしろ勝てたから良かったよね。その上で、課題が見えたのも大きい。良い試合だったよ、うん。だから練習で、そのあたりをまた皆で突き詰めていこうよ。いやあ、楽しみだなあ！」

高槻アキト。このチームを作る発端となった、新米のマスター。

黒い髪に黒い瞳、筋肉質な体をした少し背の高い男。

それなりに整っていると言えなくもない顔立ちをしてはいるが、目つきがやや鋭く、また表情の変化がいまいちわかりづらいので少し怖い印象を人に与えがちだ。

ほんの数ヶ月前までは鉱山労働者として楽しくもない人生を送っていたアキトだったが、ガチャで秘書カードであるキャロを引き当ててからは職を捨て、カードで戦い己の人生を切り開くマスターとしての人生を歩み始めた。そのスタートとしてはすでにそう悪くない結果を出しており、順風満帆とまでは言わないが、確かに己の望んでいた道を進み続けている。

そして、彼らがこうして集まっているこの場所は、デウス内部に共同で借りたチーム部屋。設定されたチームメイトのみが自由に出入りができて、盗聴や盗撮の恐れもない安全な空間だ。

部屋のつくりなどは自由に設定可能で、窓から見える外の景色はメリッサの指定で南国風の、爽やかな風が差し込むビーチに設定されていた。もっとも、残念ながらすべて偽物(にせもの)の風景なので、実際にそこに降りることはできないが。

　そんなアキトの言葉を受けたメリッサが、うげえといった苦々しい表情を返した。

「それを本気で言ってるんだから、たまったもんじゃないわね……。アキト、本当にあなたは練習が好きね……」

　そう、アキトは、チームメイトであるメリッサたちが辟易(へきえき)するほどのカード好きであり、また同時に異様なほど練習が好きなマスターであった。カードに関わることならば何時間、何十時間でも大歓迎といったところであり、それに付き合わされるチームメイトとしてはたまったものではない。

「あ、いや、まあ練習というか、カードに触れているのが好きなだけなんだけどね。俺は。でもメリッサが忙しいとか、疲れるとかなら別に無理に付き合ってくれなくても……」

「……誰が疲れるものですか。ど新人の貴方(あなた)より私の方が先に疲れるわけがないでしょう」

　気を遣って言ったアキトの言葉に、メリッサがふんとそっぽを向きながら答える。メリッサは、とにかく負けん気が強い。

　そんな二人を無表情で見ていたナツメが、そこで口を挟んだ。

「チームとしての練習もいいけど、僕としては個人練習の時間も、もっと取りたいんだけどね。どうだろう、チームも安定してきたことだし、そろそろ集まる時間とチーム練習の時間を少し減らさないか」

「えっ……」

その言葉に、アキトが少し驚いた声を漏らした。そのアキトのほうに視線を向けて、ナツメが言葉を続ける。

「元は週に何回か、という話だったけれど、最近じゃほぼ毎日集まってるし、その流れで毎日のようにチームでの練習をしてるじゃないか。そして、こうなった理由は明白だ……一度負けてから、誰かさんがムキになって練習が足りない足りないと騒いだせいだよね？」

「うっ」

素知らぬ顔でそっぽを向いていたメリッサが、そこで踏まれた猫のような声を上げた。

その様子を横目で見ながら、キャロが合わせる。

「そうですねえ……。元々、誰かさんが一回負けたら終わりよーとか言い出したくせに、負けたら地団駄踏んで『今のは練習が足りなかったせいです、ノーカンノーカン！』とか言い出して、それからずうっとこの調子でしたもんね……」

「うっ……うるさいわね！　本当に練習が足りなかったんだからしょうがないでしょう!?」

皆の言葉を苦虫を噛（か）みつぶしたような顔で聞いていたメリッサが、ついに辛抱できなくなったのか立ち上がって叫んだ。そう、一度の敗北で解散の予定であったアキトたちのチームは、幾度めかの試合ですでに判定負けをくらっていた。

本来ならそこで終わるはずだったのだが、それもメリッサの鶴の一声でなかったこととなり、その後も数度の判定負けを食らうも、まるで何事もなかったかのように彼らはチームを続けていたのである。

だがそこは、皆がわかっていつつもスルーしていたタブーである。話の雲行きが怪しくなり、なによりメリッサを怒らせると面倒くさいと判断したアキトがそこで擁護に回った。

「まあまあ、実際、今ではちゃんと連勝できるようになったんだしさ。前の試合も大勝ちできた。勝つべき試合ではちゃんと勝って、全体で見れば損より儲けのほうが遙かに多い。全部メリッサのおかげだよ、うん。さすがメリッサ、先見の明があるな！　偉い！」

すると、アキトの言葉に気を良くしたメリッサは両手を顔の前で組み、瞳を輝かせて笑顔を浮かべた。

「まあ、よくわかってるわね、アキト！　そうです、私は本当はどうでもよかったのですが、可哀想なあなたたちを見捨てるのが可哀想で、あえて、そうあえてチームを残したのです。ですから、あなたたちは私に感謝すべきですよ、ええ、それはもう！」

「はいはい……」

適当なことを言うメリッサに、呆れた調子でナツメが返す。

返す返すも、メリッサはとにかく負けず嫌いだ。練習中に一本でも取られたら取り返すまで止めないし、チームが悔しい負け方をすれば二度と負けないように練習を要求する。

それは結果としてチームを大きく成長させたが、最初と言っていることが違いすぎて、驚きを感じずにはいられない。最初の冷たそうな印象はどこへやら、今では一番チームの勝利に固執しているのだ。この負けず嫌いの彼女は。

そんな皆の物言わぬ視線を浴びながら、ふん、と鼻を一つ鳴らし再びソファにどっかりと座ってメリッサが続けた。

「第一ですね、前の試合がいまいちだったと言ったのはあなたじゃないですか。なのに練習を無くそうなどと、どういう了見です？」

「無くそうじゃなくて、減らそうだよ。もちろんそこは練習して改善していくさ。けど、チームにばかり関わってもいられないだろう。……そうでしょ、アキト。僕も、君もさ」

「え……。あ、うん……」

ナツメの言葉に、アキトが歯切れの悪い言葉を返した。

ピクリと眉根を上げたメリッサが、そこでじっとナツメの無表情な顔を見つめる。チーム部屋に僅かに静寂の時が流れ、やがてメリッサが口を開いた。

「……まあ、そうでしょうね。あなたたちはＣＶＣを目指してるわけですし。チーム練習は、あくまでチームとして動くための練習。個人で戦うことになるＣＶＣを考えたら、あまり時間を割きたくないでしょう」

ＣＶＣとは、カンパニーＶＳカンパニーの略で、この世界の覇権を賭けて企業を経営するマスター同士が争うシステムのことを言う。

女神と人が取り決めたそのシステムは、勝てば領土と富を手に入れることができる反面、負ければ多くの物を失う、いわば戦争の代用となるシステムだ。

過去、人々は長引く争いに嫌気がさし、カードによる戦争を明文化と細分化して、その被害を最小限に食い止めようとした。そうして今日では、世界の覇権はそのＣＶＣに参加した一部の企業たちがカードバトルによって奪い合う仕組みとなっているのである。

いわばルールが明確な戦国時代であり、ＣＶＣとは誰もが参加できる戦争というわけだ。

更に言えば、アキト達が参戦しているコロッセオとは、そこへの参加を目指す者たちのために用意された広大な練習場なのである。アキトの大きな目的はＣＶＣに参加することであり、コロッセオで戦っているのはその練習のためだ。

そして、チームメイトであるこのナツメもまた、アキトと同様にそのＣＶＣを目指すマスターの一人だったのである。

三人のうち、二人は上を目指している。そのことに疎外感を抱いたのか、ややトゲのあることを言うメリッサに少し困った表情のアキトが答えた。

「いや、メリッサ、そんな言い方をしなくても……」

「事実でしょう。別にいいんですよ、あくまで私たちが組んだのはお金のためですしね。……しかし、ぬぼーっとしてなにも考えてなさそうなお馬鹿さんのアキトはともかく、現実主義なナツメ、あなたまでCVCなんていう、頭のどうかしている人間たちの集まりに参加したがっているとは思いませんでした。しかも、まさか無印秘書カードまで連れているとはね……！」

　アキトに言い返した後、じとっとした目でナツメとその横に座るヴィクトリアを見つめながらメリッサが続けた。ヴィクトリアはそれをニコニコ笑顔で迎え、ナツメはそっと目線を逸(そ)らす。

　そう、ナツメの横に座るこの女性はキャロルと同じ秘書カード。

【秘書カード　NO. 12】、ヴィクトリアという名のナツメの手札なのである。

「……無印？　なんだ、無印秘書って。キャロルみたいな金銭特化と何か違いがあるのか？」

　そこで、アキトが口を挟む。ヴィクトリアが秘書カードであることはすでに紹介されて知っていたが、無印云々(うんぬん)は初耳だ。

　そんな素朴な疑問の声に、何故(なぜ)か隣のキャロがうぐっと声を上げた。

「そこ、突っ込み入れます……!?　いいじゃないですか、別に！　なんであろうと、秘書カードは秘書カードでしてねっ……！」

「あら、あなた知らなかったのね。秘書カードにはいろいろ種類があるけど、一番有能なのはなんちゃら特化とか書いてない、ただの秘書カードなのよ。無印はオールマイティ、何でも得意で、特化型はその劣化だって言われてるわ」

「メリッサさん、それ言っちゃう!?」

ごまかそうとしたのか、必死に何かを言い始めたキャロを遮ってメリッサが言い、キャロが悲鳴のような声で返した。

それをニコニコ笑顔で聞いていたヴィクトリアが、頬に手を当てて答える。

「あら、それはよくある勘違いですわ。私のような無印秘書はたしかに何でもそつなくこなしますが、特化型の方の、得意分野での爆発力には至らないことも多いです。それにどちらかと言いますと、特化型の方はどこかに重大な弱点を抱えていらっしゃるので、そうなっていることが多いだけかと。それでいうと、キャロルの場合は……」

じっくりとヴィクトリアの視線がキャロを舐め回し、キャロが怯んだようにぱっと己の胸元を隠す。

重大な弱点と言えば外見的には胸元だろう。ヴィクトリアの胸元はメリッサにも負けないほど大きく山のように張っていたが、キャロの胸元は歩道のようになっている。

「……おそらく、主への忠誠心のあたりでしょうか。少し奔放過ぎるようですわ。まあ、私はそういうところも可愛らしくて素敵だと思いますけれども」

「ほっ、ほっといてください！　秘書カードに優劣をつけるなんてどうかと思いますよ私はっ！　格差社会反対！」

悲鳴のような声でキャロが言い返す。なるほど、これだけでもどちらが優秀かはなんとなく見えてくる。秘書カード二人のやりとりを聞きながらアキトはそんなことを思った。

また、忠誠心がどうたらというのは大いに納得がいった。

超然とした佇まいで主に仕えるヴィクトリアに対して、キャロはどうにも慎みが足りない。ついでに言えば金にがめつすぎるのも難点だし、食い意地が張っていて主人のおやつを勝手に食べてしまうのもいただけない。

さらに、寝なくても大丈夫とか言っていた割にはぐーすか寝るし、一緒に買い物に行けばマスターあれが欲しいですこれが欲しいですとうるさい。問題点だらけだ。

そんな物言いたげな視線に気づいたキャロが、ぎろりとアキトを睨んだ。

「なんですか、マスター？　何か私に言いたいことでも!?」

「いや別に」

すっと目を逸らしてアキトが答える。どうやらヴィクトリアのほうがいろいろと優秀なことを気にしているようだ。少し付き合ってみただけでも、ヴィクトリアは本当にそつがなく頼りになる。マスターであるナツメを敬愛していて、陰に日向によく支えている。

ヴィクトリアはまさに理想的な秘書であり、確かにそれに比べると問題点の多いカードだ、キャロルは。

とはいえ。

（……まあ、俺の相棒はこいつで良かったけどね）

キャロの物怖(ものお)じしない性格や、明るい雰囲気は自分ときっと合っている。女神の導きであるガチャを通じて、自分はベストなパートナーを得たのだ、とアキトは思った。きっと、おそらく。

アキトがそんなことを考えているうちにも、メリッサたちの話は進んでいた。

「しかし、無印秘書は高いですし、まさか買ったわけではないでしょう。ナツメ、あなたヴィクトリアをどうやって手に入れたの？」

メリッサが当然の疑問を口にする。

だが、ナツメはまたふいと視線を逸(そ)らすと、いつものクールな口調で答えた。

「僕にも、いろいろと事情があってね」

ナツメは、チームを組んで半月ほどたってからアキト達(たち)に自分の秘書カードを紹介してくれた。それだけでなく、ナツメは練習でも常にいくつかのバトルカードを使い分けており、それも近距離を得意とするものや、遠距離を得意とするものなど多岐にわたっていた。

そういったこともあり、また秘書カードを所有しているのだから当然だとは思いつつも、確認のためにアキトが尋ねたところ、「ＣＶＣに上がるために、いろんなカードの使い方や対策を学んでいる」と、自分がＣＶＣを目指していることを教えてくれたのである。

ナツメが、おそらく自分の情報を人に伝えたくないと隠していたのであろう秘書カードや手札を見せてくれたことは、アキトたちを仲間として信頼してくれた証拠のようで嬉(うれ)しくはあった。だがしかし、ナツメの過去やＣＶＣに挑戦する動機などについては、いくら聞いても今回のようにはぐらかされて教えてくれないままなのだ。

「ふん……まあ、あなたにも事情があるのでしょうが、金を稼ぐだけなら、コロッセオで十分でしょうに。あなたたちはＣＶＣというものに夢を見ているのかもしれませんが、あれは本当にろくでもないものです。金の亡者が殺し合い、奪い合い、裏切り合うこの世で最も醜い戦場です。そんなところに飛び込んでいこうなんて、愚かとしか言い様がないわ」

メリッサが頬杖(ほおづえ)をついて、そっぽを向いたまま毒づく。

それになんと答えていいのかわからず、アキトが思わず苦笑いを浮かべる。

そう、それを目指しているナツメとは対極的に、このメリッサは驚くほどＣＶＣというものを嫌っているようなのだ。

こうして事あるごとにろくなものではないと吹聴(ふいちょう)し、二人を止めるようにいろいろと忠告してくる。もしかしたら以前、なにかあったのかもしれない。だが、そのメリッサもメリッサで過去に何があったのかを聞いてみても決して答えてはくれないのだ。

こうして仲間として共に戦ってはいるが、まだまだ互いに秘密が多いのだ。この三人には。

一方、人間同士のそんなやりとりをどうでもよさそうにジュースを飲みながら聞いていたキャロが、そこで何気ない様子で言った。

「いや、でもまーコロッセオで稼げるといっても、億単位の金を稼ぐのには何年かかるんだって話でもありますけどねえ。やっぱ集中力が重要なカードバトルでは、歳(とし)をとると操作が鈍くなっちゃう人も多いですしね。そりゃあ若くて活力があるうちに一生分の金を稼ぎたいのが人情ってもんです」

そのままストローでズゴゴゴとジュースを飲み干すと、厚かましくも自分のマスターであるアキトの分のジュースにまで手を付けながらキャロが続けた。

「その点CVCなら、数年生き残れたら低いランクでも億が十分射程範囲内ですしね。それどころか、場合によっては月収が億になったりするんですよ。わかります？　月収が、億！　月収が、億、ですよ！　凄(すご)い！　毎日現金風呂に入ってもお釣りがく」

「君は少し黙ってて、キャロ」

金の話でテンションが上がり、どうでもいいことをわめき散らしそうなキャロの頭をアキトがぐいっと押しやる。むぎゅっと声を上げるキャロには目もくれず、アキトが続けた。

「けど、たしかにCVCはいくつかの階級に別れていて、上の方までいけたら数年で何十億と稼げるかもしれないって話だね。……何十億か。ちょっとピンとこない額だ」

「まあ、それはそうでしょうね。人の平均生涯所得は、国によるけども先進国でも二億か三億が関の山。個人で数十億の資産と言えば、世界でもいいほう……まあ富裕層と言っていいわ」

アキトがなんとなく呟いた言葉に、メリッサが応えた。

生涯所得とは、個人がその人生で労働などにより稼ぎ出す金額のことを言う。つまりこの世の中の大多数、雇用され賃金をもらう立場である労働者達は月収が15万だとか20万GPからスタートし、定年退職するまでにおおよそ総額でそれぐらいの給料をもらうということだ。

無論これが発展途上国となればその10分の1以下などザラである。

そこで、言うべきことは言ったとばかりに沈黙していたナツメが顔を上げて話に乗ってきた。

「富裕層、ね。女神が作り、今では共通貨幣と化したGP、その半分以上は人類の数パーセントの富裕層が握ってるって話だ。考えられるのは、経営者だとか、地主だとか、芸術家、それに貴族制や王政のなごりで既得権が許されている人間、後は……」

そこで、金の話で黙っていられるかとばかりにまたキャロが口を挟む。

「それこそCVCプレイヤーですね。生まれが良くない勉強もできないって人間が億万長者になれる数少ない手段が、まさにCVCですから。まあ、途中で負けちゃったら、儲けも、下手したら命まで全部奪われちゃいかねませんけどね」

そうしてばっと立ち上がると、両手を広げてなおも続ける。

「けど夢はありますよ！　女神様のおかげで、この世界には人の力では実現不可能なことでも叶えられるカードたちがありますから！　そう、この世には、庶民の手には決して回ってこない凄いカードが山ほど存在します！　たとえば、不治の病でもピタリと治す回復のカードに、若さを保つ美容のカード、自分だけの小さな世界を持てちゃうカードに、世界のどこにでも自在に飛んでいけるカード！　人の思い描く夢はほとんどカードが叶えてくれます！　そして、金さえあればそういう物を買うことができちゃうのです……凄い！　金、凄い！　さあ、皆さんもご一緒に！　金、すごーい！　あはははっ、キャロ、お金だあああいすき！」

　そうしてひとしきり好き勝手に吠えると、キャロは夢見がちに笑いながらその場でくるくると楽しげに回り出した。その頭の中では、たくさんの金が踊り狂っていることだろう。

　同じ秘書カードであるヴィクトリアは、その様子を微笑ましげに見つめている。

　……本当に同じカテゴリのカードなのかと疑ってしまうほどに、彼女たちは性質が違いすぎる。うちのキャロはどうしてこう金ばかり好きなのか。

　やれやれ、と心中で呆れたアキトが仲間二人に視線を向けると、二人は二人で妙に考え込んだ顔をしていた。今のキャロの言葉に感じるところがあったのだろうか。メリッサは、おそらく美容のあたりだろう。だが、ナツメは？

　果たして今の話のどこが、この寡黙な仲間の、その琴線に触れたのだろうか。

　それは、今のアキトにはわからなかった。

そして、僅かな沈黙の後メリッサが口を開いた。

「ふん、まあ、お金が凄いことは私もよくわかってます。私だってもちろんお金は大好きですよ、お金は裏切らないですし。……じゃあ、アキト、あなたも大金持ちになりたくてＣＶＣを目指してるの？」

「え？　いや、違うけど」

メリッサの言葉に、アキトは間髪入れず答えた。メリッサは少し驚いた顔をして返す。

「違う？　お金が目的じゃないって、じゃあなにが目的なの？　まさか、名誉とか地位？」

「違うよ。そういうのは、あんまり興味ないな。ただの、ありふれた普通の理由だよ」

キャロにかなり飲まれてしまっていた自分のジュースに口を付けながら、アキトが何気ない様子で返事をする。

「ＳＲとかＵＲとか、そういう高ランクのカードを使ってみたいからさ。そういうのは、コロッセオじゃ使えないし買うにしても凄く高いから、ＣＶＣで上に行かないとなかなか手に出来ないだろ？　俺は普通だからね、理由も普通さ」

何気ない調子のその説明を聞いたメリッサとナツメの二人は、少し固まった後、異口同音に答えた。

「「……それは、ちっとも普通の理由じゃない」」

「えっつっ」

呆れた表情の二人に、アキトは驚いた様子で返した。

「いやいやいやいや……そんなことないでしょ？　だって、ＣＶＣってカードでバトルするための場所なんだよ？　なら、そのカードたちを目的に参加するのって普通でしょ。……普通、だよな？」

そう言って振り返り、自分の秘書カードに尋ねる。すると、その可愛らしい相棒はにっこりと微笑むと、

「普通なわけないじゃないですか。それ、もう人前で言わない方がいいですよ。頭がおかしいと思われますから」

と、恐ろしく冷たい言葉を返してくれた。

「……なんでだよ、おかしいだろ!?　普通、カードに憧れていくもんじゃないのかＣＶＣってのは!?」

「憧れだけで、何千万とか何億かけた殺し合いに参加する奴がそうそういますか！　アホですか、あなたは！」

立ち上がって不満の声を上げるアキトに、メリッサがツッコミを入れる。

それに続くように、ナツメが冷酷な声で言った。

「馬鹿だ馬鹿だと思っていたけど、本当に馬鹿なんだね君って」

「ナツメ、君もか!?」

冷たい目で自分を見つめながら言うナツメのほうに向き直り、アキトが不満の声を上げる。なんてこった、彼だけはわかってくれると思っていたのに……！

「第一、カードならこのコロッセオでいくらでも触れるでしょうに、なんでわざわざＣＶＣに行く必要があるんですか。ここで好きなだけ使えばいいでしょ」

「だって、コロッセオじゃランクＲのカードしか触れないだろ！　いや、そりゃＲのカードも素晴らしいよ！　でも、ＳＲやＵＲも使ってみたいじゃないか！　そう、俺は使いたいんだよ、伝説に残ってるような高ランクのカードたちを！　君たちだってそうだろ!?」

興奮した様子のアキトが、皆を説得するように立ち上がり両手を広げて話し始めた。

「たとえば、世界一有名なカードと言われる【剣の乙女】だ！　彼女の一撃は、海を割り一つの軍をなぎ倒すという！　【巨龍王アイアンクラッド】はビルを一飲みにするほどデカくて凶暴だというし、【空軍姫アエリア】【空軍姫ウェンリィ】は人間サイズの歩く軍隊と言われてる！　他にも、【超忍ムラサメ】や【宇宙海賊ヴェアヴォルフ】、【機動要塞ヴァルハラ】、【ＯＰ21‐Ｓ‐Ｃ　プライマル・ファイア】とかとか、凄（すご）いバトルカードが山ほどあるじゃないか！　それらを自分の手で使ってみたいとは思わないのか!?」

「まあ、そうですね……。使えるのなら、一度使ってみたくはありますね……。ええ……」

熱弁を振るうアキトに、可哀想（かわいそう）なものを見る目を向けながらメリッサが答える。

その顔には、また始まった、という少しうんざりした色があった。

そう、アキトはカードについて語ることも大好きで、なにかあるとこうやって憧れのカードの話を止(とど)まることなく話し始めるのだ。

何しろ、アキトの周りには今までカードの話を共にできる相手なんていなかった。だがここにきて、共にカードを使い、それに夢を託すという対等の相手が初めて出来たのだ。それが嬉(うれ)しくて、どうしてもついあれこれと話してしまう。

そして、こうしてカードの話を延々続けてしまい、やがて二人に呆(あき)れられる。それが、今やこのチームでのアキトの立ち位置となっていた。

もう聞き飽きたとばかりにメリッサは目を逸(そ)らし、いっぽうナツメのほうは関わり合いになるのを避けるように、テーブルに置かれた菓子に手を伸ばしてもさもさと食い始めた。

二人のそんな様子を見ながら、アキトはがっくりと肩を落としながら思う。

（……うわあ、二人とも興味ねえ……）

どうも二人は、アキトほどカードそのものには興味がないらしい。

だが、そんなにおかしいことなのだろうか？　憧れのカードたちを己の手に掴(つか)んでみたいと思うことは。

伝説級のカード、英雄視されるカード。世界にはまだまだ自分の知らないバトルカードが山ほどあるのだ。そして、彼らはおそらくこの瞬間にも誰かの手元に存在しており、この同じ世界で同じ空気を吸っているのである。

それを見てみたい、触ってみたい、そして友になりたいと思う自分はそれほど世間とずれているのだろうか。

（……もっと、マスターってのはカード好きばかりだと思ってたんだけどな……）

どうも、コロッセオではカードをただの道具として見る者の方が多いようだ。少なくとも、カードを使いたいがために上に行こうなんて輩は滅多に居ないらしい。

（期待してたのと違う……）

ソファにどかっと座り、がっくりと肩を落とすアキト。そのあまりにも落ち込んだ様子が可哀想になったのか、そこでナツメが声をかけた。

「……まあ、そういうこともあるかもね。憧れだけで何かをできる、人生を賭けられる、みたいな、さ。別に悪くないと思う、そういうのも」

「おおっ、ナツメ……」

ぱあっと笑顔を浮かべて、アキトがそちらを見る。共に上を目指す者だ。わかりあえないわけがない。そうとも、憧れだって上を目指す十分な動機になる。

「私も、素敵だと思いますわ。夢を見る殿方って素敵ですもの。私のマスターであるナツメ様が、私の好みのどストライクである美少年でなければお仕えしたいぐらいです」

主に続いて、黙ってニコニコと会話を聞いていたヴィクトリアが口を開く。

なにやら不穏なことを言っているような気がしたが、肯定してくれているようだ。嬉しい。

だが、そんなアキトにメリッサが再び水を差した。

「まあ、SRまでならまだわかりますけど……。あなた、わかっていますか？　URクラスまでいくと、それはもはや国家を守護するレベルですよ。それを憧れで触ってみたいって言ったって、そのためにどれほど上に昇らなきゃいけないかわかってます？」

冷静なことを言われて、うっ、とアキトが詰まる。

その様子を見ながら、メリッサが攻勢を強めた。

「あなたが今名前を出した【剣の乙女】だって、一国家を代表するようなレベルのカードですし、【機動要塞ヴァルハラ】なんてその名の通り超巨大な空飛ぶ軍事要塞じゃないですか。【OP21－S－C　プライマル・ファイア】はたしか空戦で100機撃墜の伝説が残っている最強クラスのロボットですし、それらを所有しているのはおそらく国家を掌握しているレベルのマスターたちですよ。……あなた、まさかここから国を治める王にまでのし上がっていくつもりですか？」

「……いっ、いいだろ、夢を見るぐらいっ……」

冷静に突っ込みを入れ続けるメリッサに抵抗するように、アキトが弱々しい声を上げる。

ランクURはバトルカードにおける最高のランクであり、それは全てAPかDPが20000を超えていて、しかしその上限は知られていない。

数値が五万だとか六万のものもあるかもしれないが、もしかしたら最底辺のURならばアキトが手にできる可能性はあるかも知れない。

だが、いま名の上がったような最高級のURとなれば、それこそ世界の覇権を賭けて戦うレベルのマスターの手元にしか回ってこないだろう。

それを、労働者上がりで、さらにはコロッセオでどうにか戦い始めたところである初心者が手にしたいなどと口にすることは、相当おこがましいと言わざるを得ない。

そんなアキトを呆れた表情で見つめながら、メリッサはふっと笑ってとどめを刺した。

「まあ、夢を見るのは勝手ですけども……。コロッセオから出るつもりのない私にすら勝てないあなたが言うと、説得力がまるでありませんね」

「ぐうっ！」

ぐさり、と言葉が透明な矢となって突き刺さり、アキトが胸を押さえてよろめいた。

そう、チームを組んで一月と少し、アキトは今なおこの〝カウンター女帝〟の異名を持つ闘士、メリッサ・ローに一度も勝てずにいた。バトルカードを防御寄りのロメオしか所有していないことも大きな理由だが、やはりなんといっても年季が違う。

組んでみて知ったことだが、メリッサはもう一年以上もコロッセオで稼ぎ続けており、またどうやらその前からバトルカードには慣れ親しんでいたらしい。それに対しアキトは、メリッサたちの技術を真似て、ようやく自分の戦い方が固まってきた程度の段階なのだ。

「ふん、まだまだ私の足下にも及ばないくせに、ＳＲやＵＲを使うとかどうとか……。のぼせあがりも甚だしいですね。コロッセオの頂点にくらい、君臨してから言ってはどうなんです？」

「ぐううっ……！」

辛辣なメリッサの言葉に、何一つ言い返せないアキトがギリギリと歯ぎしりをする。

悔しいが、事実だ。少なくともこの女やコロッセオの強豪相手に勝てないようでは、ＣＶＣで上に行こうなどとてもとても。

そんな二人の様子を、珍獣を見るような目で見ていたナツメがそこで口を開いた。

「まあ、たしかにアキトは頑張ってはいるけど、まだＣＶＣに行くには時間がかかるかもね。けど、始めて二ヶ月かそこいらでここまで出来ているならたいしたものだと思うよ。僕がそれぐらいの時は、負けも多くて大変だった。自信持っていいと思うけど」

「ナツメ……！」

その言葉に、救われたといった表情を浮かべたアキトがナツメをキラキラした目で見つめる。その様子を面白くなさそうに見ていたメリッサが、なおも言葉を続けた。

「……それで？　あなたたち、ＣＶＣに上がるために頑張ってるって話ですけども、具体的に幾らぐらい稼げばいいのかは考えているの？」

「えっ」

その問いに、アキトが間の抜けた声を返す。

そういえば、ＣＶＣのために稼ぐという目標はあったが具体的な金額は決めていなかった。

助け船を求めるように自分の秘書カードであるキャロに目線を向けると、少し思案した後にキャロが答えた。

「そうですね、マスターがどの国で挑戦するかなどで条件は変わりますが、先進国でとりますと、ＣＶＣでもっとも下のＦ級であっても、ランクＳＲカードを中心としてデッキを組んでいく必要があると思われます。そしてＳＲのバトルカードの値段は物によって大きくばらつきがありますが、最低でも１０００万前後はします。それを二、三枚用意することを考えたら、他の出費にも備えて、そう……３０００万から５０００万ＧＰは見ておいた方がいいかもしれません」

「そんなにか⁉」

アキトが驚きの声を上げる。アキトはすでにコロッセオで１００万ＧＰ単位の賞金を稼ぎ出していたが、それでも元の貯蓄と足してもその金額の半分にも達していない。

ＣＶＣにはＡからＦまでの階級があり、上に行くほど支配領域が拡大する。

その最下層であるＦの支配領域は一つの町の区域程度であり、そこから上がってくる税収も高が知れている。だというのに、そこに挑戦する程度であってもそこまでの費用が必要になってくるのか……！

驚いているアキトを尻目に、ナツメが続けた。

「とは言っても、F級は収益が少ないからね。そこで粘ってもしょうがないから、すぐにE級に上がる必要が出てくるかもしれない。キャロル、君が今言ったその金額は、それを見越してだろう？」

「ええ、そういうことです。Fではたいした収入も期待できませんので。まあそれでも手札を最低レベルで済ませて、ひたすらFで耐えて稼ぐやり方がないわけでもないですけどね。E級に上がれば範囲が街単位に拡大して、収益がぐっと上がります。一般的なマスターが留（とど）まりたがるのもそのE級で、そこで数年頑張れば億単位の貯金も見えてきますので」

キャロがにっこりと微笑（ほほえ）んでナツメに返事をした。

ナツメはすでに、そのあたりをしっかり下調べする段階まで進んでいるのだろう。

「そうですわね、それよりさらに上のD級となりますと、規模が膨らみすぎて責任問題などもいろいろと大変なようですし、やはりE級に留まろうとするマスター様は多いようですわ。土地にもよりますが、E級で数年を頑張って耐え抜き、その後に引退すれば億単位のまとまった資金が手に入ります。後は物価の安い国に行くなり、資産運用で不労収益獲得なりして、悠々自適に過ごしたいというのが大方のマスター様の夢でございましょう。と申しましても、その分、Eはぶつかり合いの激しい激戦区のようでございますが」

そんなキャロに笑顔を向けながら、ヴィクトリアが補足した。

詳しい説明をしてくれる二枚を感心した様子で眺めながら、アキトが呟く。

「流石秘書カード、詳しいな……。俺は、まだそこまで考えてなかった」

「まあ、マスターはまだひよっこでしたので、一度に情報を伝えてもどうかと思っていましたので。ですが、たしかにそろそろ目標金額の設定は必要だったかもしれませんね」

キャロがテーブルに置かれた茶菓子に手を付けながら言う。

３０００万。最低でも３０００万か。かなりの金額だ。それだけコロッセオで稼ぎ出すのには、どれほどの時間が必要だろうか。ナツメの言うとおり、まだまだＣＶＣは遠そうだ。

そんなアキトに、ヴィクトリアが少し心配そうに声をかけた。

「それだけではありませんわ、アキト様。ランクＳＲのバトルカードは、量産型はともかく、ユニークとなれば簡単には手に入りません。ホルダーのカード・トレードにもなかなか現物は流れてきませんでしょう？　ＳＲのバトルカードは、ＣＶＣのＤ級以上のガチャでなければなかなか排出されないようでございます。そして、そのレベルのガチャを回せるマスター様は、良いカードが手に入ったら身内に回したがるもの。手に入れるためのツテがないと、お金があっても良いカードを手に入れるのは苦労なさると思いますわ」

「……ツテ。……ツテ、ってどうやってつくるんだ？」

「呆れた。そんなことも考えてなかったのね、あなた！」

　アキトが答え、それを聞いたメリッサが本当に呆れた調子で言い、そして続けた。

「一番良いのは、〝クラン〟に入る事ね。クランに入って上の階級にいるマスターに保護とカードの提供を受けられれば安定を得やすいわ。ＣＶＣデビューした人間が真っ先に目指すのは、大体がクランへの参加よ」

　クラン。アキトの知らない単語であった。

　助け船を求めるようにキャロの方を向くと、キャロは軽く頷いた後、説明を始めた。

「クランとは、マスター同士が集まってつくる組織のことです。チームだとか閥だとか呼ぶ人もいますが、とにかく上下関係で庇護を受けたり、相互で協力し合ったりする組織をそう呼びます。そして、そのクランメンバー同士でお互いが手に入れたカードを交換し合ったり情報を共有したり、場合によっては目障りな他勢力のマスターを一緒に攻撃したりするわけです。ですので、高い階級に在籍しているマスターの運営しているクランなんかに入ることが出来れば、いろいろ有利ではありますね」

「なるほど、それは便利だな……！　じゃあ、とりあえずどこかのクランに入るのを目指せばいいのか」

　アキトが感心した様子で答えると、キャロはアキトの横にストンと座り、その顔を見上げながら僅かに眉根を寄せて答えた。

「そうとも限りません。そういう組織に入れば、いわゆる上納金ってやつを確実に取られます。そうすれば儲けは減りますし、なんていうか……上に命じられたら、自分が損するような状況でも戦わなければいけない可能性があります。鉄砲玉に使われるというか。良いことばっかりでもないですよ」

「……なるほど」

アキトが神妙な面持ちで再び返事をする。組織に入ればカードや情報で有利になれる。だが、それはタダではない。むしろそのせいで身の破滅を呼び込む可能性もあるわけだ。

そこでメリッサが自分の顎に指を当てながら口を挟んだ。

「とはいえ、基本的にはクランに入るべきだと私は思いますけどね。一人でやっていくにはCVCは危険が多すぎるわ。D級のマスターあたりが運営しているようなクランに入ればあちこちに睨みがききますし。そして、そういう組織は常に腕の良い新人を探していますので、コロッセオで活躍すればもしかしたら声が掛かるかも知れません。……まあ、よほどの実力者だけでしょうが。そういう立場になれるのは」

なるほど。クランを運営しているような相手にしてみれば、腕の良い新人が欲しい時にはコロッセオで様子を見ればいいわけだ。つまりコロッセオとは、修練の場であると同時に、自分の腕を売り込むアピールの場でもあるわけだ。

コロッセオにそういう側面もあるとは。本当に、カードとチームに夢中で自分はそこまで考えてこなかったな、とアキトは胸中で少し反省した。

「それに、それだけじゃなく、ＳＲカードの操作はＲカードより難易度が高い。Ｒカードを十分に操れるぐらいじゃないと、パワーが凄いＳＲカードには振り回されかねないよ。上がるにしても、まずはＲでしっかり練習を積んでからって事になる」

手元の茶を啜りながら、ナツメが言う。なるほど、そういう問題もあるわけか。ＳＲとＲでは馬力が違う。使いこなすには更に練習が必要になるだろう。

どうやらナツメはもう実際にＣＶＣに挑める段階まで来ているようだ。

先を行かれている、と感じた。

しかしこういう話は実際楽しい。目標に向けて、実際に必要なものをあれこれ話し合う時間。夢が膨らむというか、気持ちが盛り上がっていくのを感じる。

いつか、自分もやってやるという気持ちが大きくなる。そう、いつか、そう遠くない未来に自分も自慢のＳＲカードを手に、ＣＶＣに殴り込みをかけるのだ。

だが、楽しげなアキトの様子が面白くなかったのか、メリッサがそこで口を挟んだ。

「ふん、でもナツメ、さっきからわかったようなことを言ってるけども、あなたもアキトのことを言えるのかしら？　あなただって、私には負け越しているじゃない。そんな様でＣＶＣに行こうなんて、自分こそ危ないんじゃないかしら？」

「……なんだって？」

その言葉に、ナツメが伏せていた顔を上げる。

二人の睨み付けるような視線がかち合い、部屋に緊張感が走った。

「面白いことを言うね。たしか、僕たちの勝ち負けはイーブンだったはずだけど？」

「あら、それはどうかしら。何度か判定が怪しいものがあったもの。あのまま続けていれば私の勝ちだったわ、間違いなくね」

「それはどうかな。それを言うなら、僕が勝ちを譲った勝負もいくつかあるけど。……君が、可哀想だったからね」

「……なんですって……！」

ゴゴゴゴゴ、と部屋に怒気が充満していく。

その様子を、だらだらと汗を流して見ていたキャロが胸中で呟いた。

（まーた始まった……。互いの勝ち負けのこととなると、すぐに熱くなるんだから……！）

そう、このナツメとメリッサの二人は、チームメイトではあるがどうにも相性が悪く、事あるごとにどちらが上かでこうして口論になるのである。

そして、どちらも自分が相手より強いと思っていて、互いにそれを隠そうとしないのだ。

さらに、こうなったときのいつもの流れが……。

「まあまあ、二人とも。そう熱くならないで。それに、口喧嘩してもしょうがないじゃないか。俺たちはマスターなんだからさ。じゃあ、そうだなあ……」

そんな二人の間に、ニコニコ顔のアキトが割って入る。そして、最初からなにを言うか決めていたくせに、思案顔をした後ぬけぬけと言ってのけた。

「これから、トレーニングエリアに行って白黒付けるってのはどうだ？　もちろん俺も混ぜてもらうけどさ。そこで、どっちが強いのかはっきりさせよう」

「望むところよ！」

「いいだろう」

口々に答えると、二人は互いに己のホルダーを取り出し、次いでばしゅんと音を立ててその場から消えてしまう。ホルダーを操作して、このチーム部屋から、共同で借りているトレーニング用のエリアに移動したのだ。

それを見届けると、してやったりといった表情のアキトもすぐにその後に続く。

そうして、チーム部屋には二枚の秘書カードだけが取り残された。

いつもこうなのだ。話し合いがいつのまにか口論になり、どちらが上かという話になり、そのまま練習に行ってしまう。今日は少し休もうだとか少し練習を減らそうだとか言いながら、結局毎日のようにこうなってしまうのだ。

仲がいいのだか悪いのだか。

「あらあらまああ、ナツメ様ったら本当に普段はおクールであらせられるのにメリッサ様とはすぐに感情的になるのですから……。ふふ、萌(も)えますわぁ……」

ヴィクトリアが恍惚とした表情で呟く。無印はいろいろ有能、という話だがヴィクトリアはどこか怪しげだ。あまりにも主を愛しすぎている。

まるで、弟を溺愛する姉のようである。

それを聞こえないふりしつつ、テーブルに残されたお菓子を頬張ってキャロが呟いた。

「ほんとあの人たち、タイプは全然違うくせに、性格は似たもの同士なんだから。負けず嫌いで夢見がち。マスターも良い仲間を見つけたもんね、まったく」

「ええ、本当に」

にっこりと微笑んで、ヴィクトリアが答えた。

そう、ほんとうに良い仲間を見つけたのだ。彼ら三人は。

2

「うおおっ！」

トレーニングエリアに、ロメオの気合いの声が響いた。その声と共に、ロメオは手にした剣を振りかぶり、鋭く振り下ろす。

だがそれを、対戦相手であるマスラオは事もなげにわずかな動作で避けてみせると、逆に踏み込み、ロメオのがら空きになった脇腹に一撃をたたき込んだ。

「甘いわっ！」

　その、鉄の塊を無理矢理はめ込んだかのような機械の腕から猛烈な力が吐き出され、ロメオの自慢の鎧に巨大な拳の型を作る。

　あまりの衝撃に耐えきれずロメオの体が浮き上がり、わずかに宙を舞った。

「ぐっ……このっ！」

　痛みが走り、顔が歪む。だが、体勢を崩さす着地すると、ロメオはそのまま再度の突撃を開始した。

「むっ……」

　マスラオが驚きの声を上げる。今の一撃、完璧に入ったと思ったそれは、ロメオに僅かに外されていた。そうでなければ、これほど早く反撃に転じられるはずがない。

　驚きつつもマスラオが迎撃の正拳突きを放つが、それはロメオが構えた盾に受け止められた。甲高い音が響き、盾から強烈な衝撃が伝わってきて少し押し戻されるが、怯まずロメオはそのまま攻撃に転じる。

「よし、いいぞロメオッ！　まだまだ勝負はこれからだ……！　手は止めずに行くよ！」

「ああッ！」

　アキトが声を掛けて激励し、ロメオが返す。

　アキトたちがチーム部屋からトレーニング用エリアに移動して数時間。今はアキトがロメオを、メリッサがマスラオを出して一対一での模擬戦を行っているところであった。

（ちっ……。前までならば、今ので決着がついていたものを。成長してきている、こやつも、こやつのマスターも……！）

ロメオが繰り出してくる鋭い斬撃を右に左にと躱しながら、マスラオが内心で舌打ちする。だが、まだまだ。まだ、この程度では……。

「そこっ！」

「うおっ……！」

そう思った矢先、急激に軌道を変化させたロメオの切っ先がマスラオの胸を切り裂いた。深いものではなかったが、確かに躱したと思った一撃を食らい動揺が走る。その間にもロメオの連撃はとどまる事を知らず、動きの鈍ったマスラオの腕や肩を削っていく。

「くっ……」

たまらずマスラオが後方に飛び退いた。

本来、ロメオの得物である剣より有効範囲が狭い拳を武器とするマスラオは積極的に向かっていかねばならない立場だ。それが、相手の剣圧に押されて下がらざるを得なくなった。

マスラオにとっては、屈辱と言っていい。

その後方で、マスラオを操作しながらメリッサも少し驚いた表情をしていた。

（アキトのやつ、また動きが鋭くなってきている……。いや……私の動きに対応してきている……？）

こうして手合わせをするようになって一ヶ月ほど経ったが、たしかにアキトの成長はめざましいものがあった。

最初はまるで子供でもあしらうように倒せていたものが、今では思うように翻弄することができず、逆に相手の攻撃は徐々にこちらにヒットするようになってきている。

……このままでは、いつか負けるかも……。メリッサの心に、ぞくりと何かが走った。

「……マスラオ、あまり、つけあがらせないで。格の違いを思い知らせてやりなさい！」

「承知……！」

焦りを含んだ主の声に後押しされるように、マスラオが勢い込んで前進を開始した。

回避する動きがより鋭さを増し、捌き、逸らし、少しずつ距離を詰めていく。ロメオが振るう斬撃の中をじわりじわりと浸透してきて、やがて己の打撃距離まで踏み込んだ。

『いかんっ……！　追い払うんだ、ロメオ！』

アキトが互いにしか聞こえない声でロメオに指示を出す。それに従いロメオは鋭い横薙ぎの一撃を繰り出したが、マスラオは大きく背を仰け反らしてそれを躱すと、その無理な体勢のままロメオ目掛けて強烈な下段蹴りを放った。

「ぐっ……！」

その一撃がまともにロメオの太ももにヒットし、ぐらりと体勢が崩れる。逆に放ったほうが崩れてしまいそうな無理な体勢での蹴りだったが、人を遥(はる)かに超えた力を持つマスラオにとっては造作もない。

「はあっ！」

マスラオはそのまま反っていた体を勢いよく戻し、体勢を立て直そうとしているロメオに肉薄する。そしてロメオが対応するより早く、小さな気合いの声と共にその拳が突き上げられ、ロメオの顎の下でぴたりと止まった。

「……勝負あり。今のが当たっていれば、アキトのほうにはもう勝ち目がないだろう。勝者、メリッサ」

そこで審判役をしていたナツメが判定を告げる。

二人の模擬戦は、またもやアキトの負けで終わった。

「ああ、くそっ……いい感じだったのに！」

悔しそうな声でアキトが言い、メリッサが鼻を鳴らしながら髪をかき上げた。

「私に勝とうなんて100年早いわ。最後、慌てて剣を振るったのが敗因ね。動作もまだまだバラついてる。それに、盾で攻撃を受けるときは、まっすぐ受けるより少し逸らした方が圧倒的に威力を落とせるわ。それどころか、うまくやれば攻撃側の体勢も崩せる。せっかく無駄に大きな盾を持ってるんだから、もっと工夫をしなさいな」

それに続いて、その手札であるマスラオがにやりと微笑（ほほえ）んでロメオに言う。

「ふん、また俺の勝ちだな。性能でも、マスターの腕でも勝っているとなっては、やはり勝負にならんか」

「くっ……」

その嫌みったらしい言い方に、ロメオが悔しそうな声を上げる。

ロメオとマスラオ、この二枚はどうにも相性が悪く、事あるごとに言い合いをしており、普段は温厚なマスラオもロメオに対してだけは遠慮がない。ロメオとしては悔しくて言い返したいところだが、負けた以上なにを言っても負け惜しみにしかならない。

「……ごめんロメオ、また君を負けさせてしまった」

「気にするな。練習ならば仕方ない。それに」

申し訳なさそうに言うアキトにロメオが言葉を返す。

そうして、にやりと笑うと、

「負けが込んだ分、いつか勝ったとき気持ちが良い。追う方よりも追われる方のほうがプレッシャーが凄（すご）いものだ。俺は、今から奴（やつ）を負かす日が楽しみでしょうがない」

と言いのけた。

「むっ……」

ロメオの言葉に、マスラオの眉根がピクリと上がった。

確かに、今の勝負は少し怪しかった。なにかがあったら、押し切られていた可能性がなくもない。また、ロメオというカードはそのメインスキルこそが要であり、金の消費を抑えるためにスキルなしで行っている今の訓練では全力を発揮できていない。

アキト達が借りた、デウス内部にあるこのトレーニングエリアは最安値のものであり、スキルを使えばそのままスキルカードを消費してしまうのだ。

もっと利用料金の高いものを借りれば、そこでのみスキルを消費なしで使えるそうだが、今はそこまでのものを借りる余裕がない。

無論、スキルが強烈なのはマスラオも同様だが、それを加味しても防御寄りであるロメオは本来、仲間と組んで性能を発揮するタイプだ。そのロメオに一対一の勝負で脅威を感じることは、本来ならばあってはならないことだ。

（……面白くない。このろくでもないカードが、俺と同等の勝負をするようになってくるなど……！）

面白くないのはメリッサもだ。

事情があり、幼少の頃よりバトルカードに慣れ親しんでいる自分と、それに触れて二ヶ月程度のアキトが良い勝負するなど、許せることではない。

（……ふん。まだまだ、負けてあげたりはしないわよ……！）

負けん気の強いメリッサが胸中で苦々しく思っていると、そこでナツメがいつもの飄々とした顔で進み出てきた。

「さて。じゃあ、次は僕とだね」

そう言って、後ろで休ませていた自分のカード、【アンドロイド・ウォリアー部隊02　エイブラハム】を前に出す。

【アンドロイド・ウォリアー部隊02　エイブラハム】
AP：4800　DP：3800　アンドロイド

戦闘用アンドロイドであり、機械の体をしたエイブラハムはその両腕を自分の胴体にバチンバチンと叩き付けながら進み出て、見得を切りながら吠えた。

「いよおおおし、そいじゃあもう一番！　マスラオの旦那、いざ、いざ、しょおおおおぶうううううううう！」

言葉と共に、そのディスプレイのようになっている頭部に顔文字のような笑顔の表情が映し出される。その様子を呆れたように見ながら、マスラオが呟いた。

「また貴様とか……。貴様との勝負は、疲れるから嫌なのだがな……」

言いつつ、構えを取る。それぞれが連続で二戦やるのが模擬戦での三人のルールだが、この日はチーム練習のあと休みなしですでに十戦以上やっている。流石に疲労がたまってきていた。

特に、この妙なノリのカードとやりあうのは疲労が激しい。だが、マスターの方は別だ。

気合い十分といった表情で、メリッサはナツメを睨めつけた。

「ナツメ、今日は随分と調子が良いようですけど、勝ち越せるとは思わないことね！」

「どうかな。まあ、やればわかるさ。……アキト、また夢中になって見てて審判役を忘れないでよね。いくよ、メリッサ」

ナツメのその言葉と共に、エイブラハムが飛び出した。

巨体が、戦車のような威圧感を持って詰め寄り、ついで大砲の如き強烈な右ストレートを放った。

それを大きく動いて躱したマスラオが反撃しようとするが、続いてエイブラハムの左フックが襲いかかってきて、少し下がって防がざるを得ない。

体格でマスラオに勝るエイブラハムは腕のリーチでも勝っており、その距離で暴れられるとマスラオは一方的に防戦せざるをえない。

どこかで、その攻撃範囲の内側に入らなければ。

「このっ……」

反撃の機会を窺うマスラオだが、エイブラハムが連続で放つ重い一撃を凌ぐうちに、少しずつ体勢を崩されていく。そして、マスラオが反撃に出られないタイミングでエイブラハムの巨体がふわりと浮かび上がると、ついで強烈なローリングソバットを放った。

「だらっしゃあ！」

「ぐうっ！」

当たれば大型車両すら粉々に粉砕するその一撃を、マスラオは両腕をクロスして防いだ。が、その勢いを完全に殺しきることができず、地面を削りながらその体が後ずさる。

マスラオのＤＰはエイブラハムのＡＰを上回っているが、それが数値通り機能するのは十分な状態での話だ。崩れた体勢で食らえば、その通りにはいかない。

カードの能力として表示される数値は、しょせん一つの指標でしかなく、マスターによっては〝数値は飾り、あてにはならない〟とすら言ってはばからない。

（凄い……！　流石ナツメ、一度攻勢に移れば勢いが止まらない……！）

二人の戦いを、少し離れた距離から目を爛々と輝かせて見ていたアキトが胸中で感嘆の声を上げる。ナツメの得意とする戦い方は、そのおとなしそうな外見に似合わない、極端なまでの攻めのスタイルだ。

とにかく先に手を出し、相手に対応させ、それを崩し、そして仕留める。

それは主導権を常にとり続ける戦い方であり、一度波に乗ればまさしく手が付けられない。

「崩れた……。今だ、エイブラハム」

「おっしゃあ！」

アキトがそんなことを考えているうちにも、その機を逃すまいと、ナツメの指示でエイブラハムが肩を突き出して突進を開始する。地面を揺らし轟音と共に迫り来るそれはまさしく重戦車級のタックルだ。まともに食らえばただではすまない。

また、避けようにもマスラオの体勢は崩れたままだ。

このままでは、勝負が決まりかねない。だが。

「……舐めるな！」

回避を捨て、その場でどっしりと踏みとどまったマスラオが、流れるような動作で渾身の右突きを放った。

その一撃はエイブラハムの突き出された肩に突き刺さり、激しい金属音と共に、そこに凶悪な拳の形を残してその勢いをせき止めた。

「うおおっ！　……このぅっ！」

衝撃がその金属製のボディを突き抜けていき、エイブラハムが驚きの声を上げたが、しかしすぐに体勢を立て直すと、また拳による連打を仕掛ける。

だがその暴風雨のような連打を、今度はマスラオが捌き、流し、防ぎ始める。

「うおおおっ……！」

「いいわ、マスラオ、もっと鋭く！」

マスラオが吠え、メリッサが激励する。全ては彼女の卓越した防御技術によるものだ。

とにかくメリッサは防御が上手い。相手の動きを見切り、読み、最小の動作でその力を逸らしていく。熟練の技術がなせる動きだ。

（本当に防御が上手いな、メリッサは……！　ナツメのあの強烈な攻めを全て受け止め、逆に攻め込み始めている！）

その様子を見ながら、アキトがまた胸中で感嘆の声を上げる。

攻撃寄りなナツメと違い、とにかくメリッサは防御寄りだ。よほど格下の相手でない限り先には攻めないし、攻めたとしてもそれは様子見であることが多い。彼女の本領が発揮されるのは相手の攻撃に対応する場面であり、それを退け反撃を狙うことこそ得意とする。

一度流れを掴んだ彼女の防御を崩すことは容易ではなく、決定打を打ち込むことは並大抵のことではない。二人がこうしてかち合えば、勝負はナツメが攻めきるかメリッサが守り切れるかということで決まる。

ナツメとメリッサ、二人の間にバチバチと電撃のような気迫が走った。

「……二人とも、本当に強い。凄く勉強になるぞ……！」

その二人の操作をキラキラした目で追いながら、アキトが呟く。

アキトは二人からいろんな事を学んでいた。

主にナツメからは攻めを。メリッサからは防御を。まだまだ発展途上のアキトは、この二人の戦友から技術を学び、盗み取り、日々成長を続けていた。

（二人とも、本当に凄い。参考になる！　……けど、多分、俺が学び取りやすいのはメリッサの戦い方のほうだろうな）

ある程度の場数を踏んでわかったことだが、アキトはメリッサのように敵の動きに対応するタイプの戦い方のほうが向いているようだ。

それは最初の一枚に防御型のロメオを選んだせいもあるだろうが、相手の動きをよく見て、読み取り、有利な状況を作るという戦い方ができたときは試合でもそうそう負けない。

逆に慌てて攻めたときは痛い目を見ることが多い。ナツメのように勢いを大事にして、相手になにもさせないという戦い方はどうにも向いていないように思える。

もちろんその攻めの手管は大いに参考にしているが、まずはメリッサの防御術をよく学び、模倣することこそが自分が強くなるために必要だとアキトは感じていた。

（あの、敵の攻撃を捌き、力を逃がし、最小限の力で隙を作る戦い方。俺も身につけられれば、チームへの貢献度も上がるし今後のためにもなる。是非、学び取らないとな……！）

そう思い、改めてその姿を凝視する。

操作する姿勢、向ける視線、その一挙手一投足から多くを学び取ろうと。

一方その視線を背中に感じながら、メリッサは思った。

（アキトの奴、また私のほうを見ている……。あくまで、私から技術を盗むつもりね……！）

アキトがどのように考えているかを、メリッサのほうも感じ取っていた。

実際、アキトには自分と似た戦い方が向いているだろうと思っている。傾向が似ていることもわかる。また、仲間であるアキトの成長が嫌なわけでもない。だが。

（そうそう簡単に真似なんてされるものですか。私を追い抜けると思わない事ね……！）

師匠をするには、メリッサは若すぎた。また、本人もまだまだ発展途上だ。

おとなしく踏み台になってやる気はない。

だが、正直に言うとメリッサは、この時すでに強い疲労を感じ始めていた。ただカードを操るだけといっても、それをするには相当の集中力が必要となってくるのだ。

また自然と自身の体にも力が入るので、どうあっても疲労は蓄積していく。そして、若くて元気なナツメと違いメリッサは大人だ（そこまで考えてメリッサは思った。けっしてこれは自分が歳を取ったとかそういう話ではなく、単純に、そう単純に、ひたすら元気な子供の時期が過ぎた上に最近はフィジカルトレーニングをサボっていた、そのせいにすぎない。そう、決して他の二人に比べてこの私の年齢がいっているとかそういうことではないはずだ。間違いなく。ええ、けっして）。

だが、そんなことおくびにも出してはいけない。アキトとナツメ、この二人に舐められることだけは我慢ができない。ああ、だけどこれからは昔のように自身の体も鍛えなくてはいけないだろう。こいつらも巻き込んで、なにかトレーニングでも始めないと……！

「まだまだ……！　押していくわよ、マスラオ！」

気力を振り絞り、メリッサがマスラオをより鋭く、より素早く操り出す。

打撃の嵐がエイブラハムを襲い、攻守が変わった。

（……こんな風に動かす技術も持ってるのか。やはり強いな、メリッサ）

それをエイブラハムで受け止めながら、ナツメが胸中で唸る。才能あるマスターである
ナツメから見ても、メリッサの年季の入った戦い方は学ぶことが多い。

防御技術は舌を巻くほどであり、こうして戦っていてもまるで要塞でも攻めているかの
ような錯覚を覚えるほどだ。

おそらく、彼女ならばＣＶＣに出ても良い線を行くのではなかろうか。そう思うほどに。

（……だが、彼女はしょせんコロッセオで止まる予定なんだ。なら……）

そこで、マスラオの浅く入ってきた一撃をエイブラハムがはじき、再び攻守が逆転した。

エイブラハムを猛然と動かしながら、ナツメが呟いた。

「負けてられないな……！」

こうして、二人の戦いは今日も激しく続き、アキトが目を輝かせてそれを追う。

それぞれ、主義も戦い方も目標も違う三人。だが、仲間として互いに切磋琢磨し合う時
間は濃く流れ、時が経つことも忘れるほど三人をのめり込ませた。

3

「さあて。じゃあはりきっていくわよ、野郎ども！」

別の日。緑が生い茂る風光明媚(ふうこうめいび)な山の袂(たもと)に、運動服に身を包み髪をポニーテールに束ねたメリッサの姿があった。

「おー……」

「……」

その傍(かたわ)らには、同じように運動服を着たアキトとナツメ。どちらもやる気のなさそうな表情でそんなメリッサを見つめている。

「ちょっと、あなたたち、何そのやる気のない様子は！　今から肉体鍛錬に勤(いそ)しもうというのよ、シャキッとしなさいシャキッと！」

「あ、はい……。けど、急に『体力作りのために山登りに行くわよ』とか言われても、その、ね……。テンション、上がりようがないかなって……」

張り切るメリッサに、どんよりとした目つきでアキトが答える。

ここは、デウス内のサービス施設の一つで、山登りが体験できるエリアだ。金を払うことで場所を借り切り一日楽しむことが出来る。

値段は少しばかり張るが、ここならば普通の山登りと違い、遭難や悪天候の心配がない。

アキトたちは何故かいきなり「私たちマスター自身も肉体をしっかり鍛えておく必要がある」と主張しだしたメリッサにここへと連れてこられたのである。

「……別にお金まで出してこんなところでやらなくても、トレーニングジムにでも行けばよくない？」

心底だるそうな様子でナツメが呟く。ナツメはどちらかというとインドア派で、こういう場所はあまり好まないようだ。

「何を言っているのです、無機質な場所でトレーニングするよりも、こういう場所で風景を楽しみながら体を動かした方が良いのよ。それに、これはチームとしての活動も兼ねています。共に山を征服したチームは結束が固まると言うでしょう？」

「……この程度の山を登ったぐらいで、そんなもんが固まるとは思えないけど……」

得意げに言うメリッサに、控えめにアキトが反論する。今から挑もうとしている山は標高が低く、登山道も整備されている。登山というよりはハイキングに近く、また山頂にはコテージまで用意されている。はっきり言ってただの娯楽施設でしかない。

しかもそこまで登ったら後は皆で食事を楽しもうというのだから、これでは鍛錬ではなくただ遊びに来たぐらいの感覚だ。

だがメリッサはふんと鼻を鳴らすと、情けない男二人を叱りつけて山頂を指さした。

「山を甘く見ないで！　この程度、と思っていると山にやられるわよ！　緊張感を持って、一歩一歩しっかりと攻略していくのです！　さあ行くわよ、ついてきなさい！」

そう言ってしっかりとした足取りで歩き出したメリッサの後を、やれやれと男二人が追って歩き出した。


……そして二時間後。そこには、すっかりへたり込んだメリッサの姿があった。

「つ、疲れた……。この山どこまで続いてるの……。いつになったら、山頂に着くの……」

「まだ半分も来てないよ。このペースだと、あと三、四時間ぐらいかな」

その様子を困った顔で見ていたアキトが答える。その答えに、メリッサが愕然(がくぜん)とした表情を返した。

「あ、あと、四時間ですって……！　無理、とても無理だわっ……。誰よ、山に登ろうなんて言い出したのは！」

「君だよ、メリッサ」

額の汗を拭いながら、ナツメが冷たい声で答える。こうなる予感はしていた。

鉱山労働者だったアキトや若いナツメと比べて、トレーニングをサボっていたメリッサはやはり体力が足りていない。まずは地道な基礎体力作りから始めるべきであって、いきなり山になど登るべきではないのだ。

「わ、私のことは置いていって……。二人だけで行って。少し休んだら、適当にホルダーを使って帰りますから……」

「ここまで来て、山頂に行かないのはもったいないでしょ。ほら、俺がしばらく背負っていってあげるから。頑張って、メリッサ」

　弱気なことを言うメリッサを励まして、アキトがかがみ込んで背中を向ける。

　その背中を見つめながらメリッサはしばらく逡巡していたが、やがて意を決したようにアキトの背中に乗った。

「わ、悪いわね……。ただ、重いとか言ったら怒るから」

「重くない。痩せてるよ、メリッサは。じゃあ、しばらくこのまま進むから体力が回復してきたら自分でまた歩いてくれよ。流石にこのまま山頂までは大変だからね」

　言いつつ、しっかりとメリッサを背負ってアキトが歩き出した。

　実際、そこまでの重さでもなかった。鉱山で土砂の入った袋を一日中運び続けたこともあるアキトにとってはたいしたこともない。むしろ重さより、背中に当たるメリッサの大きな膨らみ二つの方が気になるぐらいだ。

　こんな大きなものをつけていたらそりゃ歩きにくいだろうな、と少々失礼なことを思いつつも、できるだけそれを意識しないように努める。

　そんなメリッサを小馬鹿にしたように見つめながら、隣のナツメが言った。

「言っておくけど、僕が君を背負うのは無理だからね。アキトが潰れたら、自分で歩いてよねメリッサ」

「さ、最初からちびっこいあなたを当てになんてしてないわ！　というか、潰れるほど重くありません！　し、失礼な……！」

「人の背中に乗っかったまま怒ってもまるで説得力が無いよ。これが終わったら、ヴィクトリアに君のためのトレーニングメニューを組んでもらうといい。今よりもっと太る前にね」

「な、な、なんですってぇ……！」

「お、おい、背中で暴れないでくれ！　暴れるなら下ろすぞ、メリッサ！」

そんなことを言い合いながら、不揃(ふぞろ)いな三人は山を登っていく。

目的の山頂は、まだまだ先だ。


「ふんふーん……」

シャワールームに、メリッサの機嫌の良さそうな鼻歌が流れた。

温かなシャワーが降り注ぎ、一糸纏(いっしまと)わぬその瑞々(みずみず)しい肌をなで回していく。

若く美しいメリッサの体つきは豊満と言ってよく、女性らしい部位の膨らみとすらりとした全体のシルエットがある意味アンバランスだ。

彼女が汗を落としているここは、この登山施設の山頂にあるコテージのシャワールーム。

この建物自体も貸し切りであり、生活に必要な設備はあらかた揃っている。ようやくたどり着いたここで、汗と汚れを落として彼女はようやく人心地がついたところであった。

「……そうだよな、やっぱカードの数値的にはAPよりDPのほうが信頼度が高いよな」

その頃、そんな彼女がシャワーの音を響かせるコテージを背にしながら、その前のスペースでテキパキとバーベキューの準備をしつつ、アキトはナツメ相手に話し込んでいた。

「単純にそうとも言い切れないけど、APというものは、とにかく相手に攻撃が当たらないと意味がないからね。APの数字がとにかく大きいってカードは多いけど、実際は見かけ倒しが多いよ」

そんなアキトを手伝いながらナツメがそう返し、地面に直接置かれた木製テーブルの上の茶を手に取って飲んだ。登山で汗をかいた体に、優しいお茶が心地よい。

あれから数時間、どうにか山頂に到着したアキトたちは、登山の締めとして夕食を準備しながらカード談義に花を咲かせているところだった。施設内部の時間も過ぎていき、景色はすっかり夕暮れ時になっている。

「DPは、そのカードの防御技術なんかも加味されるみたいだから、やっぱりこっちも完全には信用できない。けど、DPが高いキャラはそもそも体自体が硬いことが多いからね。避けられなくても最低限は機能してくれる」

「うん、でも逆にDPだけ高くても敵に決定打をいれにくいよな……。防御寄りは弱いと言われがちだし」

「普通はね。でも、相手の攻撃後のスキや、スキル発動後を突ければ相手のＤＰより低いＡＰでも致命打は打ち込める。それが、メリッサのマスラオが高くないＡＰでも敵をバリバリ仕留められる秘密だ。以前の試合でも……」

ナツメの言葉にアキトがうんうんと頷きながら返し、ナツメがなおも言葉を続ける。

その内容はＡＰやＤＰに対する印象から、以前戦ったり見たりした試合の感想戦に移っていっていた。試合内容を思い出して、どこが良かったか、どこが悪かったかを話し合い技術の向上を目指すのである。

ランクＲのカードの中ではそう高い性能ではない手札を使う者として、〝どう相手の防御を抜くか〟というのは重要な課題であり、よく話し合っている部分だ。

「……おまえらの主殿は真面目だな。また難しい顔をして話し合っている」

真面目な顔でああでもないこうでもないと話し合う二人から少し離れた場所で、丸太で作られた椅子にどっかと座ったマスラオがぼそりと呟いた。

そこでは三枚のカード、ロメオ、マスラオ、エイブラハムが共に並んで食事をしているところだった。

「ははっ、まあ真面目っつーか、あれが楽しいんじゃねえの？　どっちも好き者だからなあ。ああして、ああでもないこうでもないっつって話してるのが楽しいんだろうよ。……

おっ、イクラもーらいっと！」

そう言って、エイブラハムが目の前の皿からイクラの軍艦巻きを二貫奪い取ると、自分の頭部あたりに開いた穴に放り込んだ。

「あっ、貴様、それぞれ一種類につき一貫までだと言っただろう……！　というか、そもそもお主、からくりなのになぜ寿司(すし)を食う⁉」

「からくりじゃねえ、アンドロイドだっつってんだろお⁉　俺っちを開発した奴(やつ)が変わり者で、味覚を感じる機能もついてるって設定なんだよぉ！　つーかさあ、こーいう設定って、俺たちを作った女神様が決めたのかねえ……おほー、イクラうめー！　このプチプチがたまんねえー！」

言いつつ、エイブラハムのディスプレイに表示された顔が喜びを表現する。三枚が奪い合うように食べているものは、アキトたちが彼らのためにアイテムカードから出した寿司であった。

カードである彼らは、本来食事をする必要がない。だが、なにしろ毎日、共に戦っている仲間なわけであるから彼らにも楽しみがあっていいはずだ。よってこれからは共同で金を出し合って彼らにも食事を振る舞おうとアキトが主張し、他二人にも異論がなかったため、練習や試合の後などにカード達(たち)にも食事をする機会が設けられるようになっていた。

今日はせっかく眺めの良い山頂に来たのだからと彼らをわざわざコールし、最近の頑張りを労う意味で、彼らのリクエストであった寿司を一足先に楽しんでもらっているところだった。

　カードである彼らにも味覚があり、それを楽しむ感性がある。特に寿司はマスラオの好物だ。それゆえ、マスターたちはこうして一時的に彼らの操作を放棄し自由にさせているのである。それをありがたく受け、コテージの前に置かれた机を囲んで、三枚はがやがやと盛り上がっているところだった。

「ふん、意地汚い奴め。やはり、軽装のくせに不当にＤＰが高い奴はろくな奴がいない。間違いない」

　言いつつ、ロメオが皿から卵の寿司を二つ奪い取り、まとめて口に放り込んだ。

「あっ、貴様！　俺の卵を⁉」

　ロメオはそのまま甘い卵を口の中でじっくりと噛みしめ、やがてにこやかに微笑む。寿司はロメオにとっても好物であった。特に、卵は大好きだ。

　連続して自分がとっておいた寿司を食われたマスラオが、憤懣やるかたないといった表情でロメオ達を睨み付ける。

「貴様らぁ、よくもっ……。食い物の恨みは恐ろしいのだぞ⁉」

「細かい奴だ。ほら、ガリを喰え」

「あ、じゃあ俺っちのコハダもやるよぉ。光り物は苦手なんだよなぁ。なんか、銀色で自分の体喰ってるみたいじゃん？　ほらほら、あとカッパ巻きもやるよぉ」

「……貴様ら、自分がいらないものを押しつけてきてるだけだろうが！」

このように、こちらはこちらで喧喧囂囂とやかましい。

練習の時は、お互いの体を消し飛ばす勢いでライバル心をむき出しにして戦っている彼らだが、事が終われば穏やかなものだ。

だがそれは、戦うための存在である彼らにとっては当たり前のことであった。

カードたちがそうして騒いでいるうちにも、アキトたちの話は進んでいる。

バーベキューの用意もあらかた済み、二人は椅子に座って本格的に語り出していた。

「……結局ね、大事なのは数字だけじゃなくてそのカードの各種能力のほうだと僕は思う。いくらAPやDPが高くても、速度に難があったり鈍重すぎたりするカードは対応力がどうしても低い。それに、武器のリーチやカード自体の丈夫さの問題もある」

「確かにそれはそうだよな、DPが高くてもそれを抜かれたときに脆いカードは、やっぱり使うのが大変そうだ。見た目の数字だけじゃカードの本質はわからない。それに、スピードが凄く重要だというのは戦うようになって痛感したよ。あと飛行能力というのも……」

アキトがそこまで言ったところで、後ろから声がかかった。

「……あなたたち、またカードのことを話し合ってるのですか。飽きませんね……」

メリッサだ。シャワーを終えたメリッサは濡れた髪をタオルで拭きながら、コテージから出てきたところであった。

「ああ、メリッサ、君も……」

その声に振り返ったアキトが、そこで閉口した。メリッサは服こそ着てはいるものの、それがやたらと薄い部屋着のようなものだったからだ。

（……また、そんな薄着で出てくる……）

アキトとナツメが、困った顔でそれを迎える。

最初はあんなに警戒心が強かったくせに、少し慣れるとメリッサには遠慮というものがまるでなくなってしまった。皆がいるのに、平気でシャワーを浴びた後に薄着で出てきて、酒を飲めば男の前だというのに無警戒にソファで寝てしまう。最初の警戒心の強い美人でお高い女のイメージは、あっという間に崩れてしまった。

メリッサはそんな二人の視線を意にも介さず、髪を拭きながらアキトの隣の空いている椅子にふわりと座った。

「それで？　何の話をしていたの？」

「ＡＰとＤＰの話。どっちを重要視するか、どう扱うのが最善か、みたいな話だよ」

メリッサが訪ね、アキトが答えた。

メリッサは少し思案した後、足を組んで答える。

「やはり信頼が置けるのはＤＰね。ＡＰももちろん大事で、相手のＤＰと差が開きすぎると勝ち筋がなくなるけど……食らえば一撃で倒されるような状況では、ろくに攻撃にも移れないわ。やはり十分な防御があってこそ戦いになるんじゃないかしら」

その言葉に、アキトは頷きを返した。考え方はやはり同じだ。

「それに、一方的に押し切れる状況ならまだしも、長期戦になれば防御技術がものを言う。カードの体力消費の問題もあるし、私は、防御面を重視した方が勝ちやすいと思うわ」

メリッサらしい意見だ。言っていることも納得できる。うんうんとアキトが頷いていると、そこでナツメが語り出した。

「たしかに、コロッセオではそうだね。……けど、ＣＶＣではその考え方は通用しないだろうね。なにしろ、ＣＶＣでは相手が何をしてくるかわからない。どんな手札を隠し持っているかもわからない。何かされる前に、倒しきることが重要になるんじゃないかな」

その言葉を聞いて、メリッサが嫌そうな顔を浮かべた。

「また、ＣＶＣの話ですか……」

「興味ないメリッサには悪いね。でも、僕たちにはそこを目標に鍛えていく必要があるからね」

言いながら、ナツメが卓上に用意しておいたポットから自分のカップに新しい茶を注いだ。ついでだからと言わんばかりにメリッサのカップにも注ぎ、前に出してやる。

「とにかく、ＣＶＣでは攻める側が不利にできているらしい。それに、そこで使われるカードはコロッセオで見かけるような単純なものばかりではなく、こちらのカードを操ったり、特定の攻撃を封じたりなんて特殊な能力を持つものもあるとか。そんな状況で相手の好きにさせてたら、勝利はおぼつかない。だから、相手に強みを発揮される前に倒すという事が必要になってくると思う」

　アキトが、今度はナツメの言葉にうんうんと頷く。

「なるほどね……。だから、ナツメはあんなに攻撃寄りな戦い方をしているのか」

「そういうこと。まあ、そのほうが性分にあってる、というのも大きいけどね」

　言いつつ、ナツメが茶を啜った。

「……それでも、もし押し切れなかったときに防御が重要になることは同じだと思いますけどね。自分が守る側になることもあるでしょうし。……ありがと」

　少し憮然とした表情で、けれど茶を入れてくれたことに小さく感謝の言葉を告げてメリッサも茶に口を付けた。疲れた体にお茶の甘みが心地よく、また、そこで高原を涼しげな風が通り過ぎていき、メリッサの頬をくすぐった。仮想の山とはいえ、そこで過ごす時間はなかなかに心地よい。

　頑張って登って良かった。……まあ、半分ぐらいの時間はアキトの背中に乗っていたが。

（なるほどなあ……。二人とも、いろいろ考えてるんだな）

　バーベキュー用の炭に火を付けながら、アキトは思った。

どちらの言い分も、もっともだと思う。

相手に強みを出させないことが重要だというナツメ。

こちらの強みが通用しなかった時のことを考えるべきだというメリッサ。

どちらももっともであり、どちらが上ということはないのだろう。

欲を言えば両方鍛えられたら良いのだろうが、人の時間は有限で、望めばなんでもできるわけではない。取捨選択というものはどうあっても必要になってくるだろう。

アキトは、これから自分の人生が続く限りバトルカードを握っていたいと思う。

ならば、それを持続させるためにはそのあたりもよく考えていかねばならないだろう。

自分が、どういうものを特に重視するマスターになりたいのか。なるためにはどうすべきか。それを考えておかねば、纏まりのない技術しか持たない三流で終わりかねない。

そこまでアキトが考えたところで、ふとメリッサが向こうを見ながら言った。

「……あいつら、またやってるのね。本当に相性が悪いんだから」

その視線の先では、ロメオとマスラオが言い合いをしていた。

残った寿司をどう分けるかで揉めているようだ。

「ああ、うん。仲が良いよな」

「仲が、いい……？　まあ、喧嘩するほど、とは言いますけど……」

それを見ながら笑顔でアキトが言い、メリッサが少し困った顔で答えた。炭の火加減を見ながら、アキトが続ける。

「いやほんと、メリッサのカードと一緒に食事するってのはいい勉強になったよ。食事を共にすることで、仲間としての感覚が強まるんだな」

「……まあ、そうね。あいつらも、カードとはいえ心のある存在だもの。労ってもらえれば悪い気はしないでしょう。持ち主としては、そういう配慮も必要かもしれないわね」

アキトが続け、メリッサが少し視線を逸らして答えた。

そのように言ってはいるが、おそらくこの妙なところで優しい女性は得た富を独り占めするのが嫌なだけなのではないかと思う。互いの協力で得たお金だから、いくらかはそれを相手にも還元せねばと考えているのではなかろうか。なにしろ、カードバトルはマスターとカードの二人三脚だ。やましいところがあれば、動きに乱れが生じかねない。

またそれだけでなく、メリッサは単純に誰かと共に勝利を祝うのが好きなのだろう。その考え方はアキトにとっても好ましく、これから真似していこうと思うに足るものだった。

「ま、なにしろ一年付き合おうというのですから、それなりには大事にしてあげないと上手くいかないでしょうし。雑に扱わず、仲間として扱ってあげた方が結局自分の利益になると思うわ。私の持論だけれども」

「そうだよな、やっぱり共に戦うためには、仲間として扱わないとな」

うんうんと頷きながら、アキトが答える。

カードたちを所有できる期間は最大でもたった一年。たった一年の付き合いだ。

だが、たった一年だからと彼らを粗末に扱う者もいる中、メリッサは彼らとの関係をきちんと作ろうとしている。

なんだか嬉しくなってしまう。カードを大事にする人間は、アキトは大好きだ。

「カードの皆の力を本当に引き出すには、お互いが信頼しあって関係が対等じゃないと。それこそ、死ぬときも一緒だ、ぐらいにさ。……ナツメも、そう思うよね？」

何気ない感じでアキトがナツメにも声をかける。

この彼も、カードを大事にしていることは感じていた。きっと同意してくれるに違いない。

だが、話題に混ざるまいとするかのように横を向いていたナツメは、そう話を振られるとゆっくりとアキトのほうを向き直り、そしてその目を見つめながらはっきりと答えた。

「僕は、そうは思わない」

「えっ……」

予想外の返事に、一瞬言葉が詰まる。

メリッサも少し驚いた表情でそんなナツメを見た。

三人の間に、少し気まずい空気が流れる。だが、アキトの目をじっと見つめながら、怯まずナツメは続けた。

「カードを大事にすること自体は良いと思う。彼らにだって心があるし、やる気にも繋（つな）がる。意に沿わない主（あるじ）の下では、彼らも実力は発揮できないだろう。……けど、彼らは人じゃない。対等では、あるべきじゃない。極端な話、彼らは……」

　そこまで言ってナツメは一旦言葉を切った。目を伏せ、少し続けにくそうにしたが、やがて顔を上げてはっきりと言い放った。

「彼らは、消耗品だ。消耗品に、情を持つべきではない」

「っ……」

　アキトが言葉に詰まる。一瞬、ナツメがなにを言っているのかわからなかった。

　ナツメだって自分のカードを大事にしているはずだ。それが、なぜ。

　たとえばそれを、カードの側が言うのならばまだわかる。だが、マスターがそのようにカードを表現することには、アキトは抵抗を感じずにはいられない。

　何か言い返すべきかと思ったが、見つめ合ったナツメの、その瞳の強さに言葉が出てこない。

　アキトが呆然（ぼうぜん）としていると、そこでメリッサが少し怒った表情で言葉を挟んだ。

「ちょっとナツメ、なんですかその言い方は……。あなた、あくまでカードを道具として扱えというの？」

「究極的には、そうだ。そうじゃないと、話がおかしくなる」

メリッサの厳しい視線をしっかりと見つめ返しながら、ナツメが続けた。

「彼らは、死なない。倒されても、ガチャに戻るだけだ。ならば、彼らの命を人と同じように扱うべきじゃない。〝捨ててもいい駒〟なのが彼らの最大の長所だ。それを軽視すべきではない」

「なにをっ……」

「たとえば」

何かを言い返そうとしたメリッサを遮って、ナツメが続けた。

「……たとえば、僕たちが誰かに命を狙われて、どうしても勝てないとする。そんな時は、当然逃げなきゃ駄目だ。自分の命を守らないと。そして、そんな時に生存率を高めてくれるやり方は……カードに殿(しんがり)を任せて、切り捨てることだ」

淡々と、ナツメが続ける。

それを、アキトは何も言うことが出来ず聞いていた。

「勘違いしないで欲しいんだけど、これはメリッサに言ってるわけじゃない。コロッセオでやっていくなら、君の考え方の方が正しいよ。カードを長続きさせることは、儲(もう)けを増やすことに繋(つな)がるからね。……けど、CVCに行くなら別だ」

ナツメの瞳が、またしっかりとアキトを捉え、言葉が続いた。

「いい、アキト。この世には僕たちより強い相手なんて、それこそごまんといるんだ。上に、ＣＶＣに行くなら、自分より強い相手と当たって、そうする必要がいつかきっと出てくる。その時には、迷わずカードを犠牲にするんだ。それができないマスターは、それができる相手より選択肢が減ってしまう。そこで、どうしようもなく劣ってしまう」

そこでナツメは一旦言葉を切ると、小さく息を吸って、意志の宿る瞳で続けた。

「いいかい……割れてしまっても、カードは死ぬわけじゃないんだ。彼らにとって、割れることは通過点に過ぎない。それを、忘れないで。それを……カードは、あくまで〝君のやりたいこと〟を叶えるための存在なんだってことを」

そこまで一息にいうと、ナツメはわずかに顔を伏せた。そして、ややあって少しばつの悪そうな顔で続ける。

「……柄にもなく、説教くさいことを言った。ごめん」

「…………」

それをメリッサは呆然と聞いていたが、やがて向こうに座っているマスラオらカードたちの視線が自分たちに向いていることに気づくと、憮然とした表情でそっぽを向いた。

彼らは、聞いていただろうか？

聞いていたなら、どう思っただろうか。

それを考えるのが、少しだけ怖かった。

「……呆れた。あなたとは、やっぱり考え方が合わないわ」

そう言うと、メリッサはテーブルの上に乗っていた自分用のワインを瓶からグラスに注いで、一息に呷(あお)った。

放心状態だったアキトもそこで我に返ると、ホルダーからカードを取り出しながら言う。

「……まあまあ……。ほら、もうバーベキューの用意は終わったしさ、楽しく食事にしよう。親睦会も兼ねてるんだしさ。よし……コール！」

その宣言と共に、アキトの手の中にあったアイテムカードが解放され、目の前にたくさんの串に刺された肉や野菜が出現する。こうして山頂で楽しむために購入しておいたアイテムカードだ。

しかも、一枚が1万GPを超えるような高級品ばかりである。以前のアキトならば買うのは大いに躊躇(ためら)われるほどのものであったが、稼いでいる今ならば、このような機会にそれぐらい使っても罰は当たるまい。

金を貯(た)めねばならない時期ではあったが、仲間と親睦を深めるのも大事なことだ。

パチパチと火の粉を上げる炭の上に敷いた網に乗せると、すぐにそれらは香ばしい匂いを立て始めた。

「……おいしそうね。ずいぶんと奮発したのね、アキト」

「だろう？　すぐに美味(おい)しく焼き上がるぞ、ちょっと待っててくれよなメリッサ」

機嫌を直したメリッサが酒を飲みながら言う。それに返事をしつつ、食材を焼きすぎないように注意して並べていく。こちらを気にしていたカードたちも、何事もないと判断したのか向こうを向いて談笑に戻った。ナツメも、もう何事もなかったかのような顔をしてすぐに火の通った野菜に手を伸ばしはじめた。

それを見て少し安心しつつも、アキトは先ほどのことを思い出す。

（……カードを、切り捨てる、か）

それは、そうかもしれないと思った。キャロルにも、同じような事を言われたことがあるような気がする。

だが、では、たとえば自分が危険になったとき、正解はロメオを囮にして一人で逃げるということなのだろうか。

あの、自分が手にした初めてのバトルカード、相棒であるロメオを。

更に言えば、愛らしい初めての手札、キャロルを。

自分の〝したいこと〟のために、彼らを切り捨てる。この、自分が。

……想像が、できない。自分がそれをするところを。

（……理屈としてはわかる。それが賢いことであり、おそらく彼らもいざとなればそうすべきだと言ってくれることを）

だが……ピンとこない。

それが正しいという意識が、自分の中に生まれてこない。

……そんなやり方で、本当に、自分はどこかにたどり着けるのだろうか？

（……今は、考えるのをやめよう）

ふるふると頭を振って、一時的にその考えを振り払う。

必要になるとしても、それはまだまだ先の話。今ではない。

それは、その時考えればいい。そう、それはこれから時間をかけて自分の中で組み上げていくべき事だ。

時間はあるのだ。自分にも、そしてこの二人のチームメイトにも。

やがて、肉にも火が通り、それを仲間二人の取り皿に乗せてやる。肉があまり好きではないナツメは少し嫌そうな顔をしたが、大好物であるアキトとメリッサの二人は肉にかぶりつくと同時に目を輝かせた。

「美味(おい)しい……！」

「本当に美味しいわね、これ。下手なレストランよりずっと良いわ。やっぱりアイテムカードは流石(さすが)ね」

口々に賞賛の声を上げる。アイテムカードに封じ込められたものは万全の状態が維持される。良い肉が、劣化することなくいつでもどこでも楽しめるのだから素晴らしい。

コールさえすれば、こんな山の上で美味しい寿司(すし)でも食べ頃の肉でもなんでも楽しめるのだ。女神様、万歳。

どんどん食材を網に乗せ、三人して食事を楽しむ。カードの皆にも、まだ足りないようなら振る舞いたい。以前のアキトだったら考えられないぐらいの大盤振る舞いだったが、金さえあればこうして施設を借り切って豪華な食事を楽しむことすら出来るのだ。

金というもの、そしてカードというものの素晴らしさを痛感する。そして、同時にこの場にあの秘書がいなくて良かったとも思った。

いたら、きっともったいないもったいないと大騒ぎしていたことだろう。……とはいえ、金稼ぎで忙しいからと自主的に事務所に残っているキャロにも、後でなにか美味しいものを振る舞ってやらねば申し訳ないところではあるが。

（……それにしても……）

そこでアキトが、ふと周囲を見回す。

向こうから聞こえる、ああだこうだと言い合っているカードたちの声。まったくもって纏（まと）まりのない三枚だが、実に楽しそうに語り合っている。

いつかは敵であったかもしれないし、いつかは同じようにチームメイトだったかもしれないが、今はその時の記憶を持たない三枚。

今このときだけは、仲間、いや友としての楽しい時間を過ごしているように見える。

あの偏屈なロメオの顔にも、僅かに笑顔があった。

そして、自分と共にいる二人の人間の仲間。

また何かを言い合ってはいるが、二人とも先ほどのことは忘れてリラックスした様子で互いに接している。本来なら、組むはずのなかった二人だ。そんな二人と、同じ時間を共有して、同じように目標を持ち、互いの意見を交わし合っている。

夕暮れの高原を、爽やかな風がまた吹き抜けていく。

まさか、自分の人生にこのような時間が待っているとは思わなかった。

仲間と過ごす、穏やかな時間。心地よい時間。

それはアキトの今までの人生にはなかったものだった。それが、アキトには嬉しい。

おそらく三人それぞれにとって、初めてできたマスターとしての仲間。

この共に過ごした時間は、彼らの人生にとっても貴重なものとなるだろう。

たとえその意味が、いつしか変質してしまったとしても。

（……今日は、いい休暇になった。だが、明日からはまた気を引き締めないとな）

今を楽しみながらも、アキトはそう心の中で呟いた。

そう、彼ら三人にはそれぞれの目標がある。

さしあたり、アキトは目標である３０００万ＧＰを目指してチームをより盛り上げていかねばならないだろう。

明日からは、また激闘の日々が始まる。柔らかな風を感じながら、アキトはすでに次の戦いへと思いを馳せていた。

セカンド・ドロー

挑戦者たち

AKITO SEEMS TO DRAW A CARD

1

《おおおおっと！　ここでメリッサ・ロー選手、転倒だー！　美しいふとももが露わに！　撮影はご遠慮くださーい！》

コロッセオに実況の声が響き渡る。

人々が見つめる先には、試合場に設置された障害物で転倒し、長いスカートが大きくめくれ上がったメリッサの姿があった。

「うひょーいいぞ、ねえちゃん！　いいサービスだぜえ！」

「あっ、惜しいもうちょい……おいカメラ、なにしてんだ！　後ろから撮れ、後ろからー！」

男どもの下品な声が飛び、女性客達が眉根を寄せる。

そんな中、メリッサはスカートを直しながらばっと顔を上げた。

「ああもう、かっこ悪いったら……！」

赤い顔をしながら、顔や髪についた土を払う。

そんなメリッサに、アキトが手を伸ばした。

「ほら、しっかりしてメリッサ！　少し遅れてる、急がないと……！」

「わ、わかってます……！」

伸ばされた手を掴んでどうにか立ち上がると、共に道を走り出す。

今、アキト達が挑戦しているこの競技の名は〝チーム・バトルロイヤル〟。

複数のチームが参加してカードで攻撃し合い、手札を全て破壊されるか降参すれば敗退となり、残った最後の一チームのみが勝利する競技だ。一チームは、三人のマスターと、それぞれが一枚ずつコールした三枚のカードで構成されている。

ただこの競技が他のものと違うのは、いくつもの壁で区切られた迷路のような専用フィールドの、そのあちこちに進行を妨げる仕掛けが施されている点である。

崖、落とし穴、平均台など多種多様な罠が点在しており、チームの行く手を阻む。

カードにとってはたいした障害ともならないが、これがマスターとなると話は別だ。

「ああもう、走りにくいったら！　誰ですか、こんな競技に出ようと言い出したのは！」

「しょうがないだろう、他の試合が決まりそうになかったんだからさ……！」

スカートを翻しながらぼやくメリッサに、アキトが答える。

アキトたちはチームとしての強さが知られ始め、３ＯＮ３での試合を受けてくれる相手がなかなか見つからなくなってきていた。アキトたちの手札と同程度の性能のカードを持つチームは、大体、目が合っただけで離れて行ってしまう。カードではなく、単純にその使い手の実力が高いと認知されてしまったからだ。

こちらよりかなり高い性能のカードで固めているチームならば受けてくれるかも知れないが、そういう相手はアキト達の方が逆に敬遠している。なにしろ、アキト達の手札は性能的にはRの平均程度でしかない。あまりに強いカードを持つ相手には不利は否めないし、そういう相手が提示してくる賭け金は当然ながら高額なことが多くリスクが高すぎる。

そうしてなかなか折り合いのつく相手が見つからず、今日に関しては特に声をかけれどもかけれども拒否され、完全に手持ち無沙汰に陥っていた。

そんな時、この競技が目につき、これだとばかりに飛び入りで参加したわけだ。

「はあっ、はあっ……。せめて、服装はもうちょっと動きやすいものにしておけば……！」

普段の服で出場してしまったメリッサが荒い息を吐きながらまたぼやく。

登山でもわかっていたことだが、メリッサは少々運動が足りていない。持ち主を守ってくれるホルダーも、運動能力までは補助してくれない。

あれから反省してジムでのトレーニングを始めたメリッサだが、体力というものはすぐにはついてくれないものだ。

「……喜んでいいよ、メリッサ。もう、走り回る必要はなくなった」

ふと見ると、先行していたナツメが立ち止まってこちらに声をかけてきた。

「はあっ、はあっ……。どうしてです？」

息を切らしながら尋ねるメリッサに、仏頂面のナツメは少し高い位置を指さして答えた。

「もう、良い位置は敵に取られた」

アキトたちが見上げると、そこには、試合場に設置された高台からこちらを見下ろす敵チームの姿があった。

「はっはっは！　とろくせぇぜ、チーム・メリッサなんたら！　まぁだそんなとこをうろついてんのかぁ!?　この地点は俺たちがもらったぜ！」

城壁のようになった壁の上からこちらを見下ろしながら、相手チームの一人が声をかけてきた。どうやら、こちらのことを知っているようだ。

迷宮のようになっているこのフィールドの中には、位置的に有利な地点が複数存在する。アキトたちが必死に走っていたのは、その地点を敵より先に確保するためだったのである。

だが、それはまんまと敵に奪われてしまった。

「しまった、これじゃ……」

「来るよアキト、カードを構えさせて……アンジェリカ！」

「はいっ！」

動揺するアキトにナツメが声をかけ、己の手札を攻撃に備えさせる。その日のアキト達(たち)のカード編成は、ロメオ、マスラオ、そしてアンジェリカの三枚であった。

ロメオたちが身構えた瞬間、敵チームのマスターが己の手札に命令を出す。

「やれっ、【マクニサの戦士　クワサン】！」

それと共に、その隣に立っていた、焼けた肌をして腰みのを着けたカードが手にした槍(やり)を振りかぶり勢いよく放り投げた。

【マクニサの戦士　クワサン】
AP：5300　DP：3500

人ならざる力で投擲(とうてき)された槍が猛烈な勢いで大気を切り裂き、うなりをあげ飛来する。

「やあっ……！」

それを、アンジェリカの爪が撃墜した。鋭い爪が横薙(よこな)ぎで槍を打ち、粉砕する。

だが気を抜く暇もなく、ついでクワサンの所属するチームの他カードが、矢と、握りこぶしほどもある鉄球を飛ばしてくる。弓を構えたエルフの射手と、隆々とした筋肉を見せつけ、鉄球を投擲するカード。敵は飛び道具を主体とした編成のようだ。

「ロメオ！」

「おお！」

アキトの声と共にその手札であるロメオが飛び出し、続く攻撃をその自慢の盾と剣ではじく。すでに飛び道具への対処は手慣れたものだ。

「ほお、さすが噂のチーム、防御はしっかりしてんなぁ！　だが、これでどうかな!?」

言いつつ、相手チームの一人、クワサンのマスターであり少し頭髪の薄い男がその高台に設置されていたレバーを引いた。その途端、アキトたちがいる通路の前方、そこの壁に無数の穴が開いてその中から大量の鉄球が勢いよく飛び出した。

「うおおおっ!?」

慌ててロメオたちが自分の身を守るために防御の態勢を取る。

猛然と襲い来る鉄球がその盾や両手を叩き、外れた鉄球は背後の壁にめり込んだ。

「くっ……！」

だが凌ぎきれなかった一発がロメオの太ももを打ち、思わず苦悶の声を上げる。

威力的にはおそらくＡＰ：３０００相当ぐらいはあるだろうか。

一発程度なら問題にはならないが、纏めて食らえばただでは済みそうにない。

「はっはっは、どうだおもしれえだろ!?　この競技は、あちこちに置いてある仕掛けを活用するのが必勝法よぉ！　慣れねえてめぇらみたいなチームがノコノコやってきて、そうそう勝てると思うなよ！　やれ、クワサン！」

薄毛の命令と共に、クワサンが左手に構えた盾から新たな槍を取り出し、再び投擲する。

それはまっすぐに飛び、鉄球への対処で体勢が崩れていたマスラオの肩に突き立った。

「がっ……」

「マスラオ！」

マスラオの口から苦痛の声が漏れ、メリッサが声を上げる。それを見ながら、薄毛が喝采を上げた。

「やるじゃねえか、クワサン！　やっぱ良いカードだ、おまえは！」

言いつつ、クワサンの肩を薄毛がばしんばしんと叩く。

クワサンは薄く笑うと、薄毛に答えた。

「ウババ・サム・チョバンナ」

「なんて？」

マクニサの戦士クワサン。なかなかに優秀なカードではあるが、小さな欠点として彼の言語は誰にも理解が出来なかった。

「ま、まあいい、その調子だ、ガンガンやれ！」

言いつつ、薄毛が再びレバーを操作して鉄球を放つ。

それをアンジェリカに防がせながら、ナツメがぼやく。

「これがあるから急いでたんだけどね……！」

このルールのフィールドには、このようにあちこちに罠（わな）を作動させる装置が設置されている。そして、それはマスターにしか操作ができない。よって、マスターもカード任せではなく自分で移動し、それらを活用しなければ逆に不利となる。

この競技では、チームそのものの強さだけでなく、環境を使う賢さも求められるのだ。

そうしてアキトたちが攻撃を凌ぎながら反撃の機会を窺っていると、今度は別の高台から違うチームが顔を出した。

「よっしゃ、いやがったぜ生意気な飛び入りチーム！　おい、囲ってやっちまえ！」

言いつつ、現れた新たなチームが自分たちのカードに攻撃を開始させる。

こちらは全て、人間ほどの大きさをした機械系のカードで固められており、手に持った熱線銃や電撃銃を構えるとロメオたち目がけて放ってきた。

「うおっ、面倒なっ……」

それを回避しながらマスラオがぼやく。独特の軌道で飛んでくる電撃に、照射され続けると凄まじい熱が発する熱線銃。こういう武器は実体を持つ飛び道具とは癖が違い、慣れていないと回避もしづらい。

また、今いる通路は広さがあまりなく、躱すにしても選択肢が少ない。

ここでこのまま戦っていてはジリ貧だ。どこかで飛び出さねば。

そして、そのための時間を作るのは防御役であるアキトとロメオの役目だ。

「やるしかない……ロメオ、いくよ！」

アキトがホルダーからスキルカードを取り出し、それを目の前に突き出す。ロメオのメインスキル、〈アキュネイオンの大盾〉のカードだ。幾度もチームを守ってきたそれを、アキトは再び発動させた。

だが。

「……馬鹿め、てめえらのお得意の手は先刻承知よ！　いくぞ、クワサン、てめえら！」

薄毛が吠え、アキトのスキルにタイミングを合わせるようにスキルカードを切った。

瞬間、光り輝いたカードがクワサンに力を与え、くわっと目を見開いたクワサンが、先ほどの物より遥かに巨大な槍を取り出し両手に構えた。

【マクニサの戦士クワサン】のメインスキル、〈マクニサの名槍〉である。

【マクニサの戦士クワサン】　メインスキル：〈マクニサの名槍〉
スキル発動後、巨大な槍を取り出し投擲する。この攻撃の威力はこのカードのＡＰに１０００を足したものとなる。

クワサンの両腕の筋肉が大きく盛り上がり、僅かな助走の後それを渾身の力で投げ放つ。

投げるには大きすぎるそれは、本来ならば命中させることが難しい代物だが、今回は別だ。

なにしろ、近くまで飛ばせば相手が勝手に吸い込んでくれるのだ。こんな楽なことはない。

それだけではない。クワサンのチームの他のマスターたちも一斉にスキルカードを使用し、それに呼応して耳の長い射手のカードが大量の矢を一斉に放ち、更に筋肉だるまのカードがぐるぐると鎖のついた巨大な鉄球を体ごと回転させた後、勢いよく放り投げる。

「今だ、こっちも合わせろ！」

さらには、もう1チームも一斉にスキルカードを使用した。

機械のカードたちが、スキルの効果で現れた巨大なガトリングガンやグレネードランチャーを構え、一斉に凶悪な威力の攻撃を吐き出した。そして、それらはすべてロメオのスキルに吸い寄せられて、まっすぐその盾に向かってくるのである。

「しまっ……」

アキトが思わず声を漏らす。

こちらのスキル発動を待たれて、狙われてしまった。迂闊としか言い様がない。だが、もうどうしようもない。大盾のスキルは発動してしまった。途中で消すことは出来ない。

それを見ながら、薄毛たちはにやりとほくそ笑んだ。最初から、アキトたちを見つけられたらこうする手はずだったのである。

「強豪チームだかなんだか知らねえが、知らないルールにちょいと顔を出しただけで勝てると思うなよ……！　こっちは、このルールでどうにかこうにか勝ってきてるんだ。てめえらなんか、お呼びじゃねえ！」

一時的に手を組んでの新人潰し。これも、コロッセオで生き抜くための知恵のひとつである。

そう、余計なライバルを増やすぐらいなら、多少出費があろうが最初で潰してやる……！

（……駄目だ、やられるっ……！）

一方のアキトは、やってくる攻撃の群れをコマ送りのように見ながら絶望を感じていた。駄目だ。攻撃の数が多すぎる。いくらロメオのＤＰが倍になっていようが、これだけのスキルを一瞬で被せられては、盾が耐えきれず砕け散り、逃げることの出来ないロメオ自身もただではすまない。

──死んでしまう……俺の、相棒が……！

攻撃全てが一つの束となって、まっすぐロメオの盾に突っ込んでくる。もう一秒もない。もう、相棒が砕け散る。

もう駄目だ……！

『──攻撃を受けるときは、まっすぐ受けるより──』

「！」

瞬間、雷光のように、アキトの脳内にいつかのメリッサの言葉がよぎり、アキトは反射的にロメオを操った。アキトに命じられるまま、ロメオの盾がわずかに動き……。

そして、爆発が起こった。

「きゃあっ……！」

　束になった攻撃たちが爆発的な威力をもたらして試合場を震わし、轟音(ごうおん)が響き渡り、メリッサが思わず悲鳴を上げる。それほどの威力だった。

「ははっ、やったぜ！　うっとうしい奴(やつ)をまずは一枚ゲットだ！　やったな、クワサン！」

　巻き上がった土煙を見ながら薄毛が喜びの絶叫を上げ、クワサンの肩をまたばしんばしんと叩(たた)く。クワサンはまたにこりと微笑(ほほえ)むと、言葉を返した。

「マハ・エルメラ・ババハナ・モ・スクワルーナ」

「いやだから、なんて？　……まあいい、なんにしろやった！」

　一方、勝ち誇る薄毛とは対照的に、メリッサが悲痛な声を上げた。

「アキト！　ロメオは……!?」

　爆発の影響で、通路には土煙が充満しておりなにも見えない。

　だが、この威力ではロメオが吹き飛んだことは間違いないだろう。

　メリッサは、アキトの顔を見てそれを確信した。呆然(ぼうぜん)とした表情。初めて、チームから破壊されたカードが出てしまった。

　だが、少し土煙が晴れると、そこには意外にも……。

「えっ……!?」

　……驚いたことに、そこには、無事なロメオの姿があった。思わずメリッサが驚きの声を上げる。いや、それどころか、その盾にこそ大きなひびが入っているものの、ロメオの体には深刻なダメージがないように見えるのだ。

「おおっ……。おい、ロメオ、お主無事か！　……おい……どうした？」

「…………」

喜んだマスラオが声をかけたが、ロメオは返事もせず、無事だったことが自分でもどこか信じられないといった様子で呆然と立っている。

それを見つめるアキトも同様だ。

……今、なにが起こった？　自分は、そしてロメオは何をした……？

「……」

その姿を後ろから見つめながら、ふとナツメが横に目を向ける。

そこ……ロメオの立っていた位置、その少し左後方の壁は大きく抉れてしまっており、そしてクワサンの槍など、ロメオのスキルで集められた攻撃は、全てそこに突き立っていた。

これは……。

（……今は、考えてる時じゃやないな）

ナツメが頭を振って、考えを振り払う。もうじき土煙が完全に晴れる。

そうすれば、再び敵の一斉攻撃が始まる。その前に動かねば。

「二人とも、今のうちに攻めに移るよ。考えるのは後だ」

「あっ……。そ、そうですね、行きますよアキト！」

「あっ、そ、そうだな……！」

言われてはっと気づくと、アキトが慌てて気持ちを切り替える。

相手はこちらの一枚を割ったと思っていることだろう。攻めるなら今だ。

そして土煙が完全に消え去る前にロメオら三枚が勢いよく飛び出し、それを待ち構えていた薄毛たちが驚きの声を上げる。

「何っ……!? 馬鹿な、あのカード、今のでも割れてねえってのか!?」

先頭を走るロメオを見て、薄毛たちの動きが一瞬止まる。

本来ならば、飛び出してくるであろう残り二枚を飛び道具で始末するつもりだったのだ。

だが、あのナイトのカードがあれほどの攻撃を浴びても割れないとなると、話は違ってくる。慌てて撃ったとしても、また防がれてしまうかもしれない。

動揺し薄毛たちの動きが遅れた結果、十分に距離を詰められたアキトたちがそこで動いた。

「ナツメ、合わせてくれ！」

アキトが声をかけ、操られるままにロメオが僅かに姿勢を低くした。

「了解……アンジェリカ」

呼応したナツメが、己の手札であるアンジェリカのその身を浮かび上がらせた。

軽やかに跳ね飛んだアンジェリカがふわりとロメオの肩の上に着地し、ついでロメオが大きく体を跳ね上げるのに合わせて、その細身を高く舞い上がらせる。

そして壁を飛び越え薄毛のチームが構える高台にふわりと着地すると、そのままの勢いで驚き慌てているクワサンに飛びかかった。

「やあっ……！」

「ボナポ・ティベーナ！」

細い気合いの声と共にその爪が振るわれ、何事かを叫んだクワサンの体が切り裂かれる。

「うわあっ！　と、止めろ！」

薄毛が命令を出すが、味方の残りの手札二枚は共に遠距離タイプだ。下手に攻撃を仕掛ければ、味方であるクワサンに当たってしまいかねない。

右往左往している彼らを尻目にアンジェリカは暴れ続け、そうしている間にマスラオまでもが高台に上がってきてしまう。乱闘が始まり、試合は混沌とした様相を呈してきた。

「いいぞ、やれやれ！　逆襲だー！」

「うおおおっ、頑張れメリッサさーん！　俺は応援してるからねー!!」

観客席から歓声が上がり、思い思いに適当なことを叫びだす。

観客にとっては面白い展開だろう。追い込まれていたチームが逆転を始めるというのは。

それに、アキト達にも固定のファンのようなものがついてきている。その声援が後押しとなり、アキト達はより鋭く手札を繰り出した。

ふとアキトが横を見ると、メリッサは目を爛々と輝かせ興奮した様子でマスラオを使い敵チームを追いかけ回しているし、反対側を見ると、ナツメがいつもの無表情を崩し僅かに微笑んで戦っていた。

そして、当の本人であるアキトもまた確かに口元に笑みを浮かべているのである。

（……楽しいな。試合という奴は、本当に楽しい……！）

その時、アキトの視線に気づいた二人が、アキトのほうを向いた。

しばし互いの顔を見つめ合った後、三人してまたにやりと笑い、一斉に駆け出す。

まだまだ、お楽しみはこれからだ。

《……それまで。勝者、メリッサ以下略チーム！》

実況が叫び、観客席がわっと沸いた。

その後、アキトたちはまんまとその競技で優勝を果たしていた。

歓声の中、三人は上気した顔を見合わせている。面白い、一戦だった。

「ふん……」

……そんな彼らを、観客席からじっと見つめる人物がいた。よく糊のきいたスーツを着た、アッシュブラウンの髪にグレーの瞳の男。

「ねえ、グレゴリオ。次はあいつらを狙うの？」

その隣に座った小柄な女が、棒のついたアメを舐めながら尋ねた。グレゴリオと呼ばれた男は、クシで丁寧に髪を整えながら答える。

「ああ、狙い目だな。勝ちまくって、調子に乗り、自信もついている。ああいう馬鹿共ほど、食い頃だ」

「違いねぇ……へへ、あの傲慢そうな女の鼻っ柱をへし折ってやったら、気持ちいいだろうなあ」

さらに隣に座った、金髪の野蛮そうな男がぺろりと舌を出しながら言う。その視線は、メリッサの尻を追いかけていた。

「だが、さて、うまく釣り上げられるか……。フン、まあせいぜい調子に乗ってくれ。てめえらの儲け……全部、俺たちが吐き出させてやるぜ」

グレゴリオと呼ばれた男が、ニヤリと微笑んで言う。

快調であったアキトたちのチームに、暗雲が立ち込めようとしていた。

2

「へえ、この服、良いわね……！　ああ、こちらもなかなか良いわ。この店は初めて来ましたが、意外と品揃えが良いですねえ！」

コロッセオに併設された施設の一つである、ショッピングモール内部の衣料品店の中で、メリッサが弾んだ声で並んだ服たちを手に取りながら言った。

妙にはしゃいだその様子を、アキトとナツメ、二人の男が手持ち無沙汰といった様子で遠巻きにぼけっと眺めている。

チーム・バトルロイヤルでの試合の翌日。アキトたちは、メリッサに呼び出され買い物に付き合わされていた。

それだけではない。メリッサの後には、キャロとヴィクトリア達まで続いている。

「見てください、キャロル。こちらの服、なかなか先進的なデザインですわ。ほら、こんなにあちこち見えてしまうように出来ておりますす」

「……これを着て街を歩いたら、完全にヘンタイなのでは……？　うげっ、しかもこんなに布が少ないのに、凄くお高い！」

ヴィクトリアが持ってきた見えてはいけなさそうな所まで露出している服を、困った顔で見ながらキャロが応える。そこにメリッサが口を挟んだ。

「まあ、そこそこいい生地を使ってるからでしょうね。あとはデザイン料かしら。まあ正直、芸術家気取りのバカはこういうのが好きだろうなーって感想しか出てきませんが。さあそれより店はまだまだあるわ、いくわよ二人とも！　私に続きなさい！」

メリッサが号令をかけ、秘書カード二枚がニコニコ笑顔でそれに続いた。

「アイアイサー！　見るだけならタダなんで、いくらでもお付き合いしますよ！　いやーしかし、うまいことデザインをパクって一儲けできないかなあ……！」

「お供しますわ。淑女たるもの、常に自分を高める努力をせねばなりませんから。ぼけっとしていては、私たち秘書カードの服も時代遅れとなってしまいます。主様にご寵愛いただけますよう、なにかと先取りいたしませんと」

そうして口々にあれこれ言いあいながら、一人と二枚は嬉しそうにショッピングモールの店をはしごしていく。その様子をどんよりと曇った瞳で見つめながら、ナツメが呟いた。

「……なんで、僕たちがこんなこと……」

「……言うな、ナツメ。彼女たちに行くぞと言われたら、俺たちは抵抗できない……」

はしゃいでいるメリッサたちにだいぶ遅れて続きながら、アキトが呟く。彼らは、メリッサの買い物の付き合い兼荷物持ちとして連れてこられたのだ。すでにアキトの両手はメリッサが買った服や装飾品の紙袋で埋まってしまっている。

女神の許可を受けて人が運営しているこのショッピングモールには、コロッセオに通えるような金持ちを相手に世界の最先端商品が所狭しと並んでいる。大きく試合で勝ったときは、こういった場所でひとしきり買い物を楽しむのがメリッサの娯楽の一つであった。

（はあ……練習したい……）

メリッサが喜んでいる姿を見るのは嫌ではない。だが、アキトとしては一時を惜しんで練習を積み重ねたい時期でもあった。先の試合で気づいたこともある。こちらは、それを早く試してみたくて仕方ないというのに……。

そんなことを考えていると、メリッサがアキトのほうを振り返り、可愛らしい桜色のワンピースを自分の体に当てながら言った。

「どう、アキト？　似合うかしら」

「え？　あ、ああ……うん。多分」

少し驚いた後、生返事を返す。

そんなことを聞かれても、アキトに服の善し悪しなどわかるわけがない。

「もう、気のない返事ね！　少しは考えて答えてくれないと参考にならないわ」

毒にも薬にもならないことを答えるアキトに、不満げにメリッサが言った。

そんなことを言われても本当にわからないのだが、仕方なくアキトが続ける。

「そう言われてもな……。君に似合う服なんて俺にはわからないよ。メリッサは美人だから、何を着ていても似合って見えるしさ」

「えっ……」

メリッサが驚いたような声を上げる。メリッサは、色恋に疎すぎるアキトから見ても相当の美人なので、何を着ていてもまあ似合って見える。いまさらそんなことを聞かれてもなんと答えればいいのかわからないのが本音だ。

「……驚きました。あなた、そんな浮ついたセリフが言えたのね。意外とスケコマシなのかしら」

「……スケコマシって。いつの時代の言葉だよ……」

メリッサが顔を逸らしながら言い、アキトが少し呆れた様子で答える。

「ふん……まあいいわ、とにかくこれは特別よくはないということね。やめておくわ」

メリッサがそっぽを向いたまま服を戻して言う。そんなことないのに、とは思ったが下手なことを言うとまた面倒かも知れないと思いアキトは沈黙する。

すると、そこでキャロが一着の服を持ってアキトの元に飛び込んできた。

「みっ、見てください、これ、マスター！　こ、これ、こんなしょーもない服なのに8万GPもするんですよ！　信じられます!?　8万GP！　信じられない！　こんなの、街でおばはんが経営してるブティックとかにいけば『在庫処分のため大特価800GP！』とか酷いこと書かれてワゴンに放り込まれてますよ！　うげえ、信じられない！　ぼったくりですよ、この店！　ぼったくり！　いい商売してやが……もがっ」

「……やめろ！　作りが違うし素材も違うから！　ちゃんとその値段には意味があるんだよ！　お、お店に失礼だからやめたまえよっ……！」

大声でとんでもないことをわめくキャロの口を手で塞ぎ、慌てて辺りを見回しながらアキトが答える。そんなアキト達を、店の奥の方から店員のお姉さんが笑顔のままものすごい目つきで見つめていた。

まったく、なにがおばはんのブティックだ。おまえの行動のほうがよっぽどおばはんだぞ……！

「確かに、それはあんまりね。まあこういう店にはいろんなメーカーの商品が流れてくるから、当たり外れってものがあるわ。……そういえばアキト、あなた、キャロには服を買ってあげてないの？」

「……キャロに、服……？」

横から話に入ってきたメリッサにそんなことを言われ、キャロから手を離しながらアキトが間の抜けた返事をする。アキトには、カードに服を買うという概念がなかったからだ。

「あら、考えたことがなかったって顔ね。だって、秘書カードって一度コールしたら期限切れまで出っぱなしで、バトルカードみたいにホルダーに戻して装備を元通り、というわけにはいかないでしょう？　同じ服を着っぱなしというのも気持ち悪そうじゃない。買ってあげたら喜ぶんじゃないの？」

「……なるほど」

確かに、それは考えていなかった。キャロも一張羅だけでは可哀想かも知れない。そう思い横を見ると、キャロが嫌そうな顔で口を挟んだ。

「いりませんいりません。だって、私のこの服ってちゃんと一年、汚れず着ていられるようになってますから。何しろカードですから、持って出てきたものはいろいろ融通が利くんですよ。それを下手に取り替えちゃったら、洗ったりする手間が出ちゃいます。第一、そんなお金もったいないですよ！　せっかく服がいらないんですからそこはケチって、私的にはもっと別なところに使いたいですね！　たとえば、金とか！　宝石とか！　不動産とか!!」

などと、自分のことなのに不必要だと力説する。どうもこの秘書カードの価値観は変わっていて、消耗品よりも、なくならない何かにお金を使いたがる傾向にあるようだ。

それでも以前ならばアキトの金など全部勝手に使い切ってやるといった感じだったが、今はどうやら集めることに燃えているようで、逆にあちこちと消費を抑えようとしている。

実際に動き出して燃えたのか、それとも役に立たなかったと思われて期限を終えるのが嫌だからか。

なんにしろ、今のキャロは自分の服などにお金を使うべきではないと考えているようだ。

もっとも気まぐれな奴なので、明日になったらどう言うかはわからないが。

「……いや、だけどそうだな。服ぐらいいいだろう。キャロにはいろいろ世話になってるし、貴金属とはいかないがそれぐらいのプレゼントはしてもいい」

「えっ!?」

そんなキャロに、少し思案した後アキトが言い、キャロが驚いた顔を向ける。

「で、でも、今はCVCに向けて貯蓄の時ですし、いろいろと入り用ですよ？　無駄な出費はですねぇ……」

「無駄じゃないさ。世話になってる自分の秘書に服を買ってあげるぐらい、社長としての度量だ。社長らしくどんと構えてろと言ったのは君だろう。……それとも、キャロは本当にいらないのか？」

「うっ……」

そう言われ、キャロが口ごもる。そうして俯いて、しばらく後、指をもじもじさせながら少し赤い顔で答えた。

「……まあ、カードとはいえ私も女ですし……。買ってくれるなら、悪い気はしないですけども……」

その様子を見ながら僅かに微笑んで、アキトが財布から数枚の紙幣を取り出してキャロに差し出した。

「決まりだな。じゃあ、これで好きなのを買ってきなよ。とは言っても……」

「ヒャッハー金だぁ！」

言い切る前にアキトの手から金をひったくり、キャロが駆け出した。

「もーらいっ！　返せって言ってもこれはもう私のものですからね！　あー、このまま貯金したいよぉ！」

「店内を走るな！　あと、貯金じゃなくてちゃんと買えよ！　お釣りは返すように！」

その背中に声をかける。お釣りを好きにしていいと言うと、とんでもなくケチって残りを貯金しかねない。

「……本当に個性的な秘書カードね。今まで何枚か見たことがあるのだけれども、あんなに変わってる子は初めて見たわ」

それを見送りながら、メリッサが呆れた様子で言う。なるほど。変な奴だ変な奴だとは思っていたが、やはりキャロルは秘書カードの中でも特に変な奴だったようだ。

アキトがそんなことを考えていると、メリッサがにやりと笑って言った。

「さっき、社長の度量がどうとか言ってましたね。そういえばあなた、ＣＶＣを目指してるんだから当然、目標は社長ってわけ。凄いわねえー、社長さん。私にもその社長の度量ってやつで服の一着でも買ってくださらない？」

「……からかうなよ」

渋面を作って答える。

勢いで言ってはみたものの、正直、自分には社長呼ばわりなど早すぎる。いつかはそうなりたいと思うが、今、それを言われるのは気恥ずかしい。

「……まあ、メリッサにも世話になってるし。どうしてもというなら、服ぐらいプレゼントするけどさ」

「冗談よ。貴方と私は、チームメイト。対等な関係です、何かを買ってもらう理由はないわ」

目を逸らしながらアキトがそう言うと、メリッサはその顔をじっと見つめた後、ぷいっとそっぽをむいてそう言い、そのままキャロを追いかけていってしまった。

取り残され、ふと後ろを見るとナツメも自身の秘書カードであるヴィクトリアに絡まれているところだった。

「ナツメ様、私も服を買って欲しいですわ。秘書でカードとはいえ女ですもの、他の子が買ってもらってらっしゃるのを見て、ジェラシーの一つも感じてしまいます。ねえ、その分は必ず稼ぎ出してご覧にいれますわ。いいでしょう?」

「勝手にしなよ」

ぶっきらぼうにナツメが答えると、ヴィクトリアは喜色満面で後ろ手に隠していた服を見せた。

「ではこれがいいですわ。どうです、大胆でございましょう? これで、ナツメ様の視線は私に釘付けですわ」

……それは、ほとんど紐のようになっている水着だった。もはや扇情的を通り越して、ギャグの域にまで達してしまっている。

アレでどうやって体を隠すのだろう。もし見えてはいけない場所が零れてしまった場合はやはりヴィクトリアは割れてしまうのだろうか。それって理不尽すぎないか？

少し離れた距離でそれを見ていたアキトがそんな感想を抱いていると、

「戻してこい」

ナツメはうんざりした顔でとげとげしくそう答えた。

「まあ、どうしてでしょう？　素敵ですのに……。あ、わかりましたわ、これを着ている私が他の殿方の目に留まるのを嫌がっておられるのですね。大丈夫ですわ、ナツメ様の前でしか着ませんので。社長室で、二人っきりの時だけにしますわ、うふふ」

「うるさい。黙れ。たたき売るぞ。今すぐ戻してこい。あと、勝手にこれでまともな服を買ってこい。それも見せに来なくていい、当分戻ってくるな。いいな」

ニコニコ笑みを浮かべながらそんなことを言うヴィクトリアの手に、むりやり紙幣を握らせながらナツメが言う。その心底嫌そうな表情を見ながら、はーいと可愛らしく返事をすると、笑顔のヴィクトリアはメリッサたちに合流すべく店の奥に向かっていった。

「……あいつ、いつかたたき割ってやる」

苦々しく呟くナツメを見ながら、アキトがくすりと笑う。

いつもはクールなナツメも、ヴィクトリアにはイニシアティブを奪われっぱなしだ。

明確にからかってくるヴィクトリアをナツメは嫌っているようにも見えるが、実際、二人はよく出来たパートナーに見える。難しい顔をしがちなナツメを、ヴィクトリアがああいった事でほぐしリラックスさせているのだろう。

自分とキャロの相性がおそらくいいように、この年下の仲間もあのヴィクトリアと相性がいいのだろう。それが、微笑ましい。

「ナツメ。君は、服を買わないのか？」

その横に立ちながら、アキトが声をかける。ナツメはいつもなかなかおしゃれな服を着ている。年頃も多感な時期だし、服などにも興味があるのではないか。

そう思ったが、ナツメはふるふると首を振ると、はっきりと答えた。

「今は、出費は抑えたい。……微妙な時期だからね」

「……そっか」

アキトが返す。

そうして、男二人、特に何を語り合うでもなくメリッサたちの買い物が終わるのを待つ。

アキトたちは、二人でいればカードのことについてあれこれと話すことが多いが、このショッピングモールには他の客も多いし迂闊なことは喋れない。

そうなると、二人の共通の話題というものもあまりない。なにより二人とも、元から口数の多い方ではない。

それでも、こうして並んで立っているのは悪い気分ではなかった。

「……」

ふとナツメのほうを見ると、彼はじっと店の奥、メリッサたちのほうを見つめていた。あまり感情の読み取れない表情。だが、そこにはどことなく寂しげな気配があった。まるで、過ぎ去っていく時間を惜しむかのように。

アキトも、そこでメリッサたちに目を向ける。人間一人と、カードの二枚。だが、彼女たちはそんな隔たりを感じさせないほど穏やかに笑い合い、買い物を楽しんでいた。

（……楽しそうだ。来て、良かったな）

荷物持ちと買い物が終わるのをひたすら待つことは辛いが、アキトはそう思った。

そしてそうしていると、やがてキャロが笑顔でてとてと駆けてきて、アキトの目の前に何かを掲げて見せた。

「見てください、マスター！　これ！　凄いと思いませんか!?　私、これを穿いてたら秘書力が上がる気がします！　これ買っていいですよね、ねえ、マスター!?　なにより私がこれを穿いてると思ったらマスターのやる気も倍増ですよ、ねっねっ！」

……紫色をした、妙に小さくてあちこち透けてしまっているその下着セットを一瞥した後、アキトはにっこりと笑ってキャロに答えた。

「戻してこい」

「……はい、じゃあ、勝利を祝って……かんぱーい!!」

「かんぱあああああい！」

ソファに座ったアキトの膝の上で、その首に手を回し、反対の手で酒を掲げたメリッサが叫ぶと、その側でクラッカーを鳴らしながらキャロが上機嫌で続く。すでに何度目かの乾杯であり、彼女たちはすっかり出来上がっていた。

買い物の後、コロッセオに併設された飲食店の一室を借り切って、アキトたちは祝杯をあげていた。あちこちにメリッサの買った大量の荷物を投げ出し、酒とごちそうを並べて大盤振る舞いだ。

「いやああ、それにしても、何度でも言いますが儲かりましたねえええ！　チームを組んでたった二ヶ月で、チームでン千万、一人頭５００万ＧＰ超えの上がりですよぉ！　わかります⁉　５００万ＧＰ！　マスター、あなたの前の月収の何倍でしたっけねえこれ⁉」

「……俺の以前の年収より、この二ヶ月のほうが遙かに稼いでるよ。ありがたいことに」

「ですよねええええええ、よく言えましたあああああ！　偉いぞお、この大型新人ー！」

言いながら、買ってもらった可愛らしい服に身を包んだキャロが、がばっとアキトの頭を両手で抱え込み、頭をすり寄せてくる。あまり膨らんでいない胸も、ここまでされればさすがにその柔らかさが伝わってくる。

……相変わらずこいつは距離感がおかしい。普通、金が嬉しいからってここまでベタベタするものか？　されるがままになりながら、少し困った表情でアキトは思った。

メリッサはメリッサで、先ほど買った布面積の少ないパーティドレスに身を包み、人の膝の上で豪快に酒をかっくらい体を押し付けてくる。信じられるか？　こいつ、出会ったばかりの頃は警戒心むき出しでこちらを睨んでいたんだぞ。変わりすぎだろう。

「あははははは！　あー面白い。……さーて、キャロル。これはなんでしょうねえー？」

「……金！」

笑いながら、メリッサがどこから出したのか紙幣の束をバサッと扇状に開いて見せる。女神の顔がプリントされたそれを、キャロがよだれを垂らして見つめながら答えた。

「うふふ、物欲しそうな顔しちゃって……欲しい？　欲しいですか？　……金が！」

「欲しいです……金が!!」

「あはは、素直で宜しい！　でも……あげません！　ぜーんぶ私の金です！　そーれっ！」言いつつ、メリッサがばさーっとその金を部屋に撒き散らす。あちこちに飛び散るそれを、這いつくばったキャロが慌てて拾い集める。

「あああああ、勿体無い勿体無い！　汚れたりしたらせっかくのお札が勿体無い！　ああーでもこれぐらいあるなら一枚ぐらいパクってもばれな」

「ちなみに、金額はきちんと把握してるからネコババは許しませんよ！　でも、全部綺麗に拾えたらこの500GP硬貨をあげましょう！　さあ、働きなさい我がシモべよ！」

「ああああっ畜生、悔しい！　悔しい！　でも……500GP欲しいいいいい！」

……とんでもない悪乗りだ。流石に羽目を外しすぎである。

メリッサには酒乱の気がある。しかも上機嫌で酔ったときほどやることが酷い。

将来、彼女と結婚する男は大変だろうな、とアキトは胸中で嘆息した。

呆れながらふと見ると、一方でナツメはおいしくもなさそうにサラダをもぐもぐしていた。頭には無理矢理かぶらされたパーティ帽。似合っていないにもほどがある。

そして、それを上気した顔のヴィクトリアがホルダーの撮影機能を使って、あらゆる角度からぱしゃぱしゃぱしゃと撮っている。もはやその様子はマニアのそれだ。

ふと、男二人の目線が合い、お互い無言で何かを通じ合う。

今日一日だけは、彼女らに逆らわないのが正解だ。そのことを、二人はよく知っていた。

「なーに男同士で見つめ合ってるんですか。ほーら、呑みなさい、アキト！」

赤い顔をしたメリッサが、ぐいっとグラスを差し出して無理矢理アキトに呑ませた。

どうにか強いそれを喉に通らせて、次の分を注いでメリッサに握らせる。

それをぐいっと呷ると、メリッサがまた上機嫌で言った。

「いやあ、最初はチームなんてどうなるものかと思いましたが……。ほんと、組んでみるものですね！　これほど短期間で儲かったのは、初めてです！　これで、私の夢であるメリッサランド建設が近づきましたね！」

「え、あれってほんとに本気で言ってたの？　そっか……正直、かなり引くねそれ」

ナツメが仏頂面のままメリッサにツッコミを入れる。

メリッサランドとは、メリッサが酒に酔うと口にする夢の王国のことである。

本気なのか何なのか知らないが、金が貯まったら南の島を買い取って、原住民をしもべとしてこき使いながら女王として君臨するというのだ。

あまりにも荒唐無稽な話であるが、どうも本気らしい。

「なによ、酷い奴ね……！　人生は一度きり、夢の一つぐらい見たって、バチは当たらないわ！　人の夢を笑うなんて最低よ、ねえアキト、あなたもそう思うでしょう⁉」

「いや、俺の〝SRやURのカードを手にしてみたい〟っていう夢をメリッサはよく笑いものにし」

「やーん、世界が回るー！」

言いかけたアキトを遮って、メリッサがぐでっと人の膝の上で伸びた。具合の悪いことはなにも聞こえない。なんと自分に都合のいい女であろうか。

「……まあ、今日ぐらいはいいさ。浮かれる気持ちもわかる。僕も、資金的に相当助かったよ。一人だと抜け出しきれなくて困っていたからね。おかげでいろいろ目処がついた」

その情けない様子を見ながら、ナツメが言う。

なら、位置を変わってくれないかとアキトが目で伝えると、その友はそっと目を逸らした。

「ありがたいのは、俺も同じだよ。凄く儲かったし、それに凄く勉強になってる。二人に出会えて、本当にラッキーだよ俺は」

言いながら、アキトは心からそう思う。一人のままだったら、まだまだこれほどの上達は見込めなかっただろう。二人が、自分を引き上げてくれている。人との出会いこそが人生において大事だと言うが、自分にとってはこの二人がまさにそれだ。

「ふふ、では再び乾杯といきましょうか！　じゃあ、アキト、音頭を取りなさい、さあ！」

言いつつ、メリッサがグラスを掲げる。

またか、と思ったが、アキトとナツメは少しだけ微笑んで手元のグラスを掲げた。

キャロもニコニコ顔で金を抱きしめながらグラスを掲げる。

ヴィクトリアもなんのかんのと皆の世話に動き回りながらも、その時だけは酒を掲げて、たおやかに微笑んだ。

「じゃあ……チームに」

「チームに！」

「チームに」

「金に！」

「皆様に」

それぞれが声を上げ、グラスを空ける。

彼らだけの部屋に、暖かな時が流れた。


「……なんですって？」

……メリッサたちと祝杯を挙げた、その数日後。その日、アキトは他の二人とスケジュールの都合が合わなかったため、一人きりで試合に出場していた。

結果はロメオと共に快勝、金も稼げて上機嫌のキャロを連れて帰る道中、アキトはよく糊（のり）のきいたスーツの男に声をかけられた。

満面の笑みを浮かべた男は、いい話があるからとやや強引にアキトたちをラウンジに引っ張っていき、なんのかんのとこちらをおだて上げた後、どうしてもお願いしたい話があると本題を切り出してきた。

だが、その内容はあまりにも驚くべきもので、アキトは思わず聞き返さずにはいられなかった。

「……すみません、もう一度言っていただいても？」

キャロと目を見合わせた後、そう尋ねる。そうすると、スーツの男は満面の笑みを崩さぬまま答えた。

「ええ、ですからですね、是非受けて欲しいのですよ。貴方（あなた）と私のチームによる……互いに2000万GPを賭けた、賭け試合を……ね」

サード・ドロー

出会いと別れ

AKITO SEEMS TO DRAW A CARD

1

「……賭け金、２０００万の……賭け試合、ですって……？」

「そうなんだ」

　スーツの男に声をかけられた翌日。アキトは、チーム部屋にマスター三人が集まるのを待って、それを切り出した。

「昨日、試合のあと知らない男に持ちかけられたんだ。コロッセオの試合ではなく〝プライベートマッチ〟で試合をしないかと。形式は、三人のマスター同士がランクＲのカードを一枚ずつコールして戦う３ＯＮ３形式で、時間制限はなし。どちらかの手札すべてが割れるか、降参するまで戦う形式でどうか……ってさ」

　〝プライベートマッチ〟とは、衆人の前で行うコロッセオでの試合とは違い、お互いだけで秘密裏に行う試合のことだ。事細かく試合条件を自分たちで定め、互いに勝利を目指す。プライベートとはいえその判定はデウスが定めてくれるため公平ではある。

「………………」

「……………」

伝えられたままをアキトが伝え、ナツメとメリッサの二人はそれに沈黙を返した。

その意味はよくわかる。怪しんでいるのだろう。当然だ、アキトも怪しい話だと思っている。

「……プライベートマッチで、コロッセオではなかなか見られないような高額の勝負が行われているとは聞いていたけれど……一戦で２０００万なんていう勝負は聞いたことがないわ。相手のチーム名は？」

「〝エクスプロード〟だってさ」

「……聞いたことのないチーム名ね……」

そう言うと、メリッサは顎に指を当てて思案気な顔でうつむいた。ナツメのほうも、何かを考えるように窓から部屋の外を眺めている。

停滞した空気を感じ取り、後ろに控えていたキャロが切り出した。

「まあ、みなさんが怪しむのもよくわかります、はい。受けないだろうなともわかっております。けどまあ、黙ってるのもなんなんで一応ご連絡だけでも、と。そういうことです。ま、こーんな怪しさ満点の勝負、受けるわけがないですよねえ」

苦笑いを浮かべて言うキャロに、メリッサが返した。

「そうね、２０００万という設定は魅力的だけど……使うカードに〝ランクＲのカード〟

という縛りしかないのでしょう？　その上で仕掛けてくるのだから、相手は相当強力なカードで固めてくることでしょう。つまりは私たちに絶対に勝つ自信があるから挑んでくるわけで……そう、間違いなくこちらを狩りに来ていると思っていいわ」

「……僕たちはずいぶんと試合に出ていて、手の内は知られている。それに対して、相手は聞いたことのないチーム……フェアじゃない。カードバトルにおいて、手の内を知られていることの不利は言うまでもない。一枚ずつしかカードを出せないのなら、ますますね」

「ですよねえ。そうおっしゃると思いました」

メリッサに続きナツメが口を開き、キャロがそれを肯定する。予想通りの流れだ。こうなるだろうな、とはアキトも思っていたし、異論もない。

「じゃ、まあ一応確認も取れたということで、今回のお話はなかったということで。私の方から相手にお悔やみメールを送っておきますよ。……ええと、この度はご希望に添えず、あなた様の今後ますますのご活躍を……」

「待って」

面倒なことはとっとと済ませようとばかりにホルダーを操作し始めたキャロを、ナツメが制止する。そうして、皆の視線が集まるのを待ってナツメは言った。

「…………受けよう。この試合」

「えっ!?」

キャロが驚きの声を上げる。アキトたちも驚いた様子でナツメを見つめた。

「ちょっと、何を言って……。ナツメ、相手は明らかにこちらを食いに来ているのですよ、こちらに勝つ算段があるんです。なら……」

「だからだよ。相手は、こちらの手の内を調べ尽くしてきているはずだ。そして、その対策を組んでいるはず。なら……」

そこで一端、言葉を切る。そして、いつもとは違う真剣な表情で続けた。

「……その上をいけば、勝てる。2000万を、奪い取れる」

「…………」

今まで見たこともないようなナツメの様子に、みな一様に黙り込むしかない。それは金に目がくらんだだとか、無謀なギャンブルに挑むだとか、そういう類いのものではない。

それは、上を目指す挑戦者の顔だ。

「それに、奴(やつ)らが僕らの動きを見て対策を組んできているならば、その手の内はある程度予測ができる。……アキト、僕たちが今までやってきた戦い方は？」

「……近接寄り、防御寄りの布陣だ。まず敵の攻撃を防ぎ、距離を詰め、乱戦に持ち込み、メリッサのカウンターで血路を開きナツメが決める。そういう戦い方を繰り返してきた」

「そうですねえ。なら、相手の手の内として考えられるのは……こちらが防ぎきれないほどの圧倒的火力による遠距離攻撃編成か、カウンター対策、もしくは乱戦に強い編成……

そのあたりですかね？」

　アキトが答え、キャロが補足した。もしそれに対策を組むとしたら、こちらは逆に俊敏でより攻撃的な編成で挑んだ方がいいのだろうか。

　だが、アキトはまだロメオ以外の操作を身につけてはいなかった。今更違うカードなど急場で扱えるだろうか？

「アキトはロメオのままでいい。彼は対策を組まれたところで単純に壁役として優秀だからね。結局有効だ」

　アキトの心を読むように、ナツメが告げる。もうその頭の中では、勝ちへの道が組み立てられ始めているのだろう。

「手札は、僕とメリッサが工夫すればいいさ。僕は元から何枚も使い分けているしね。……メリッサ、君も何枚か隠し持ってるんだろう？」

「…………」

　ナツメの問いに、メリッサは沈黙を返した。だが、それは無言の肯定だろう。この二人が、己の手の内のをすべて晒(さら)していないであろうことはアキトも気づいていた。仲間とはいえ、己のすべてをさらけ出すほどこの二人は不用心ではない。

「……でも、危険だぞ？　2000万なんて……負ければ、俺たちが今まで稼いだ賞金が全部飛んで行ってしまう。こんな高額を一戦でだなんて……」

アキトが、少し困った顔でそう言うと、ナツメはその目をじっと見つめたまま返した。

「……危険？　高額？　アキト、君は何を言ってるんだい」

そこで一つ息を吸い、続ける。

「そんなの……ＣＶＣにいけば、こんなもんじゃないじゃないか」

「っ………」

ナツメの言葉に、一瞬息が詰まる。

そう、その通りだ。ＣＶＣならば、そのたった一戦に自分の命までかかっているとも言える。それこそ一戦一戦全財産を賭けて勝負するようなものだろう。そんなＣＶＣに、秘書カードを手に入れてすぐに挑もうとするほどだった自分が何を言っているのか。

そしてそれは、いつかメリッサに言われたことでもあるはずだ。

……数ヶ月コロッセオに挑む間に、随分と心が縮こまってしまっていたようだ。

いや、現実を知った、と言うべきか。

「僕らにしてみれば〝２０００万も〟でも、上の奴(やつ)らにすれば〝たかだか２０００万〟だ。……スキルカード、一枚１００億ＧＰ。そういう世界もあるんだ。そして、僕らはそういう場所に飛び込んでいこうっていうんじゃないのかい？　アキト」

ナツメの言うとおりだ。ＣＶＣに出れば、そういう奴らと戦っていかねばならないのだ。

それを、こんなところで恐れてなぜ挑んでいけようか？

ＣＶＣとは、不利との戦いだ。相手は概ね格上。

ならば、こんなところでどうして止まっていられる？

「２０００万の賭け試合で尻込みするぐらいなら、ＣＶＣなんて忘れた方がいい。ここで勝負から逃げるようなら、どうせ上に行ったって未来なんかないさ」

「……言い過ぎよ、ナツメ。それにその言い草はおかしいわ。何も考えず、ひたすら突っ込んでいくようなのは強さとは言いません、ただの愚かさです。それに、対策を組まれればつらいのは、上も下もないでしょう」

なおも言いつのるナツメを、メリッサがたしなめる。そのまま、いつのまにか前のめりになっていた姿勢を崩してソファにもたれかかると、足を組んで続ける。

「たとえ上がどうであろうと、今自分が立っている場所をしっかりと確保できなければ足下を掬われるだけです。今までだって、試合では格上は避けてきたでしょうに。それがなんですか、賭け金が２０００万だからって目をぎらつかせて。そもそも、ＣＶＣがどうとか、そんな浮ついた気持ちで目の前の勝負に勝てるものですか。まったく、あなたらしくもない……！」

「……ごめん。少し、熱くなりすぎた」

ナツメが、メリッサに素直に謝罪する。珍しい光景であった。

それだけナツメが本気だということでもあるが。

「まあでも、言うことは一理ありますねえ。たしかに、お二人はCVC希望な訳ですから、こういう試合を経験しておくことは貴重かもしれません。ランクRしか使えないコロッセオと違って、CVCならカードのランクに制限なんてありません。相手が使ってくるカードが格上なんてことは毎度のこととなるでしょう」

フォローするようにキャロが説明を入れる。

「ですが、だからって2000万が今の私たちにとって馬鹿にならない金額なのも間違いないです。それで破滅、ってことはないでしょうが、お二人のCVCデビューは間違いなく遠のくでしょうね。それに……」

それに、の後は続かなかった。だが、全員キャロが何を言いたいのかは理解していた。

2000万だ。そんな高額をふいにしたとなれば、このチームはもう続かないだろう。互いに嫌な思いを最後にしたまま、別々の道を歩むことになる。それを、寂しいと感じる程度には彼らはもう仲間としての意識を持ってしまっていた。

だが。

「……やろう」

沈黙を破り、アキトが告げる。皆が驚いたようにアキトを見つめた。

「……アキト、あなた……」

「ごめん。俺、ちょっと考え方がズレてた。下手に大きな勝負を受けて、それで二人と変な別れ方したくないとか……そういうことを考えてたかも。でも、そういう集まりじゃなかったよな……俺たちは」

素直な気持ちを告げる。メリッサたちは、感情の読み取れない表情でじっとそれを見つめていた。

「相手が何を考えていようが、俺たちはそれを上回ればいいだけだ。……これは、俺たちのチームの集大成。相手がこちらを狩りに来てるのなら、それを逆に狩るだけだ。チームとして、勝ちに行こう」

「…………」

黙って見つめ続ける二人を、アキトはまっすぐに見つめ返した。

そうすべきだ、と思ったし、二人もそう思うと確信していた。

なぜならば……彼らは、チームだからだ。

「……それに。ナツメは……もう、これを最後にＣＶＣに行くつもりなんでしょう？」

「なっ……」

アキトが言い、メリッサが驚いた顔でナツメを見つめる。ナツメは、静かな顔で返した。

「……バレてたんだね。そうだよ……元々、このチームはＣＶＣに行くための最後の資金稼ぎのつもりだったんだ。もう、ＣＶＣに必要なランクＳＲのカードを揃(そろ)えるための資金は目処(めど)がついた。……これを最後に、僕はコロッセオを離れる」

ナツメの、最近の様子からアキトはそのことに気づいていた。

どこか落ち着かない、それでいて少し寂しげな様子。そして、目処がついたという発言。

このことがなくとも、ナツメはそろそろ、このことを切り出そうと考えていたのだ。

「……そんな……」

メリッサが、呆然と呟いた。……これで、このチームはおしまい？　そう考え、自分がそのことに深く衝撃を受けていることに気づく。

そうして、一番チームに対してドライであろうとしていたはずの自分が、いつの間にか誰よりもそれに依存していたことを彼女はようやく理解した。

「……なんですか、それは……。……わかったようなことを言って、なんてことはない、結局は自分がＣＶＣに行くのを焦ってるだけじゃないですか……！　あなたたちは、ここで長く足踏みするのを嫌って、それで無謀な賭けをしたがっているだけじゃないですか……！　違いますか!?」

「……耳が痛いな。そう思われてもしょうがないかもね」

立ち上がり、糾弾するように声を上げたメリッサから目を逸らしてナツメが答える。

「やっぱり……！　だったら……」

「でもね、それだけじゃあない」

なおも言いつのろうとしたメリッサを、ナツメが遮った。

「僕には、勝つためのアテがある。それをできれば、相手がどんな手札を使ってこようがきっと勝てるというアテがね。そうじゃなきゃ、こんなことは言わない。それに……」

そこで、自分の背後に目をやる。

そこには、主達の話し合いに余計な口を挟まず静かに控えていたヴィクトリアがいた。

ヴィクトリアはにっこりと微笑むと、恭しく一礼した後、切り出した。

「……相手の、情報が手に入るかもしれません。私どもは、ＣＶＣに上がるにあたって、いわゆる情報屋と呼ばれる手合いともつなぎを持っておりました。そこから、少し小耳に挟んだのでございます。最近……稼いでいるチーム相手にプライベートマッチを持ちかけて、金を巻き上げているチームの噂を」

2

「いやいや、感謝いたしますよ！　あなた方のような強豪チームとやりあえるなんて、私どもにとっても非常に張り合いがあります！　いやあ、緊張してきたなぁ。本当にありがとうございます！」

コロッセオ内部の貸し部屋。話し合いのために借りたそこで、最終的な条件を決めるためにやってきたスーツの男は、アキトの手を握りながら何度も頭を下げて感謝の言葉を告げた。

アキトたちが賭けを受けると決めた翌日のことだ。そのことを知らせると、スーツの男はすぐにアキトたち三人をここに呼び出した。

(……白々しい。いけ好かない男ね……!)

そっぽを向きながら、まだ機嫌が悪いままのメリッサが胸中で呟く。相手の男はにこやかな笑みを浮かべているが、それが作り笑いであることがメリッサにはすぐにわかった。

信用のならない相手だ……予想通りに。

一方のナツメは、その男を値踏みするようにじっと見つめていた。

「ではでは、試合のほうはさっそく明日でどうでしょう? 時間は……」

「待って」

勝手に話を進めようとするスーツの男を、ナツメが制した。

「こちらにも、準備というものがある。試合は一週間後にして欲しい」

「……はあ。なんでまたそんな先に……?」

「嫌ならいいよ、この試合はなかったことに」

「あ、いえいえ、嫌とは言っていませんよ! そちらのご都合に合わさせていただきます、はい!」

スーツの男が怪訝な顔で尋ねると、ナツメはそう告げて席を立とうとする。するとスーツの男は慌てて引き留めた。

「ええ、ええ、では、一週間後ということで。ああ、あと申し遅れました、私グレゴリオと申します、どうぞお見知りおきを。こちらは、当日の試合のチームメイト、シャミーとキムです。どうぞよろしく」

「よろしく」

「フン……」

スーツの男がそう名乗り、横に座っていた二人を紹介する。小柄な女性と、大柄なガラの悪そうな男。シャミーはクスクス笑いを隠そうともせず、キムのほうはニヤニヤとメリッサの胸のあたりを見つめていた。

「はい、では一週間後を楽しみにしております。お互い良き試合にしましょう、それでは！」


――そして、話が纏（まと）まりアキトたちが去った後の貸し部屋。そこで、グレゴリオはソファにどっかりと座り直すと、考えるような表情のまま仲間二人に問いかけた。

「……どう思う、おまえら」

「どう思う、っつーのは、奴（やつ）らが試合を一週間後にしたことか？」

キムと呼ばれたチンピラ風の男が、紫煙をくゆらせながら聞き返した。

「そうだ。なんで一週間後なんだと思う？　何か理由があると思うか」

「そんなの決まってんじゃん！」

シャミーと呼ばれた小柄な女がソファから跳ね起きて、いやらしい笑顔を浮かべたまま答えた。

「ハッタリだよ、ハッタリ。私たちが、あいつらを研究した上で挑んできてることぐらいどんな馬鹿でも気づくでしょ。だから、こっちは別の手札で凄い策を組んできますよ、みたいなアピールをしてるんだよ。馬鹿みたい、たった一週間であんなやつらが何したって、私らに勝てるわけないのにさぁ！」

「へっ、へボいチームの考えそうなこった。ま、大方こっちが自分たちのお得意の編成にメタ張ってくると踏んで、さらにメタを張るつもりなのかもしれねーが……実力が違うんだよ、実力が！　相手になるわけがねえ！」

メタを張る、とは相手の手の内を予想してそれが不利になる編成を組むことを言う。例えば相手が火属性で固めてくると予想すれば、炎に耐性を持つカードを使用するなどだ。

「……ま、そんなとこだろうな。それなら文句はねえんだが」

「所詮素人の集まりでしょ、一度ＣＶＣまで行ってる私らの敵じゃないよ。……それより、まんまと乗ってきてくれたねえ。さすがグレゴリオ、馬鹿の誘導にかけては天下一品！」

いまいち納得しきれない表情のグレゴリオにシャミーが笑顔で返す。

この三人、利便性のために〝エクスプロード〟と名乗っている三人は、一度はＣＶＣまで上がったチームであった。

しかしそのＣＶＣにおける戦いで敗北し、だが命は残りこのコロッセオで再起を図る者。いわゆる、〝コロッセオ落ち〟と呼ばれる類いのチームだったのである。

「フン、ま、そう難しくもなかったな。ああいう秘書カードを大喜びで連れてるようなバカは、早くＣＶＣに上がりたくてウズウズしてやがるからな。ちょいと声をかけてやれば簡単なもんよ。現状をどうにかしようと焦ってる奴ほど、金を巻き上げやすい奴はねえ」

そう言いながら、グレゴリオが立ち上がる。その腕にシャミーが自分の腕を絡ませ、咥え煙草のキムがそれに続いた。

「コロッセオで少し勝てれば、馬鹿は舞い上がる。そういう奴ほど自信満々に歩いてきて、アホ面で地雷に引っかかるもんさ。……なあ、おまえもそう思うだろ？」

言いながら、グレゴリオはホルダーから一枚のカードを取り出し、それを見つめながら呟いた。

「……【暗澹たる死霊術士】よ」

――グレゴリオの手中に収まる一枚。異様な気配を放つそこには、ローブを纏った男が邪悪な笑顔を浮かべており、その下のステータスには、ＡＰ：７７００という数字が表示されていた。

3

「はあっ、はあっ……」

殺風景なトレーニングエリアに、荒い呼吸音が響いた。

アキトのものだ。グレゴリオ達との試合が決まったその日も、アキトは自分用のトレーニングエリアで個人練習に励んでいた。

他の二人は、賭け試合に向けた合同練習の前にいろいろ準備があるらしい。なのでアキトは、空いている時間をこうして個人練習につぎ込んでいた。

「マスタァ……。まだやるんですかぁ？」

前方には、キャロ。そして、彼女が操作するトレーニング用の疑似バトルカードが数枚。いつぞや戦った量産型カード、レイジーと同系統に見えるロボット。それに備え付けられた巨大な砲門は、全てアキトたちのほうを向いていた。

秘書カードは、基本的にバトルカードを操作できない。

だが、トレーニングエリアならば別だ。バトルカード以外にも、このように疑似バトルカードを操作して練習を手伝うことが出来る。世の中にはこの操作が特に得意な教官特化型秘書カードなども存在するらしい。

「ああ、キャロ。まだ感覚が掴めていない。本番で確実に成功させるためには、まだまだ練習しないと」

「ううっ、必要なこととはいえ、金のかかる練習ですねぇ……！　うー、もったいないもったいない……！」

嘆くキャロ。アキトの手元には、スキルカードが握られていた。ロメオのものだ。

アキトの前に立つロメオは、自身も荒い呼吸を繰り返しながらも構えた盾を下げようとはしなかった。その盾も、すでにあちこちにひびが入り、欠け、ボロボロになっている。

だがそれでもなお構え続けるのをやめない。

「じゃあ、ロメオ、悪いけどまだまだいくよ……！　よろしく頼む！」

「まかせろ。ナイトに不可能はない！」

アキトが声をかけ、ロメオが答える。

その返事に満足そうに頷いて、前を見つめる。

今度こそ、モノにしてみせる……！

「頼む、キャロ！」

「はぁい……いきますよ！」

キャロが声をかけ、目の前の疑似バトルカードが動き出す。

やがてそれが高速で撃ち出した砲弾に挑みかかるように、ロメオを前進させる。

次の一戦、おそらくこれが必要になるはずだ。

必ず完成させる……。

アキトとロメオの鍛錬は、寝る間も惜しんで続いた。


「……ほらよ、お望みのデータだ。結構苦労したぜ、こいつを手に入れるのはよ」

でっぷりと太ったトレンチコートの男が、デウス内部の商談用エリアの一室に設置されたソファに座りながらそう切り出した。

その目の前にはナツメが座っており、今しがた自分のホルダーに送られてきたデータを鋭い目つきで見つめているところであった。

トレンチコートの男は、情報屋。情報を集め、それを売って稼いでいる男だ。

それは、どこぞのマスターの個人情報であったり、弱みであったりすることもあるし、カードのアナザースキル情報であったりもする。とにかく人が欲しがる情報は何でも集め、金に換えるのが仕事だ。

そして、彼の今日の仕事はとあるチームがプライベートマッチで使用したデッキの編成と試合内容の情報、それの売却であった。

る。

　やがて、ナツメが全てに目を通し終わると、ソファにもたれかかり独りごちる。

　奴らが自信を持つわけだ。これだけの手札を集めていれば、知らない相手にはまず勝てる。

「どうだい、勝てそうかい？　まあ、あんたが勝てようが勝てまいがおいらの知ったこっちゃねえがね。じゃ、確認が取れたならそろそろ失礼させてもらうぜ」

「お待ちになってください」

　立ち上がり去ろうとした情報屋を、控えていたヴィクトリアが引き留める。

　そして、手元のホルダーを操作すると、ゆっくりと男の顔を見つめた。

「追加報酬でございます。確かに全部揃っていますので。あなた様は腕がよろしいようですわ、またお仕事をお願いすることも多いかと存じます。だから……」

　その目が、鋭さを増した。

「……間違っても、私どもがあちらの情報を把握しているという事を、相手様にリークなどなさいませんようお願いいたしますわ」

「へへっ、さすが秘書カードさんだ、そつが無いねえ……」

　薄ら笑いを浮かべて、情報屋が答えた。

　言わなければ、この男はきっとそうしただろう。情報屋はホルダーを開き、振り込まれた金額を確認した後、満足げに微笑んだ。

「もちろん、大事なお客様に損害を与えるような真似はしませんや。ご安心くだせえ。そんで、ま、もしもお負けになられた場合は……」

ホルダーを操作し、デウス内部のその部屋からいずこかへと移動しながら、情報屋が言葉を残した。

「その試合の情報も、こちらで買わせていただきやすよ。どうぞ、ご贔屓に――」

「………」

一人になった部屋で、ナツメはもう一度ホルダーに表示された相手の情報を確認した。

一度ＣＶＣに上がったチーム。そして、この手札。

手強い。間違いなく。……いいや、それどころか普通ならば勝ち目はあるまい。

勝ち筋は、相当に薄いと言わざるを得ない。

そう。普通の、やり方では。

「……彼らは……。僕のやろうとしていることを知ったら、どう思うかな……」

一人、言葉を吐く。

カードを愛する男、アキト。その愛情は、美しい道具を愛するとかそういう類いのものではあるまい。あれは、憧憬だ。ヒーローに憧れる少年の延長線上。

彼は、カードたちを敬愛し対等であろうとする。

そして、メリッサ。気が強く人への当たりが強いくせに、人一倍寂しがり屋な女性。

彼女がカードを大事にするのは、おそらくそれが決して裏切らず自分の側にいてくれるからだろう。いわば依存であり、依存するが故の執着だ。

ヴィクトリアは、そのつぶやきに返事をしなかった。主が、それを望んでいないことを理解していたからだ。

秘書カードは、あくまで主を補佐するもの。決断をするのは、いつだって人間だ。

……心が重い。こんな試合など、今からキャンセルしてもいいのではないか。

だが。

「……それでも、前に進むのなら、やらなくちゃ」

そうだ。手段など、選んではいられない。

前に進むためには、捨てなくてはいけないものもある。

そして……それができる者だけが、きっと上に昇れる者なのだ。


「……主殿。本当に、この大一番に俺以外のカードで挑むつもりか？」

メリッサの、現実世界での自宅。

その広い庭を持つ一軒家で、コールされたままのマスラオが咎めるような口調でメリッサに尋ねた。

「ええ。今回は、アキト達の補佐に徹します。それに、あなたは敵の編成がナツメの持ってきた情報の通りなら不利だわ。今回はあなた以外の手札でいきます」

「しかしだな……！」

マスラオがなおも食い下がる。珍しいことである。この持ち主に従順なカードが、これほど執拗に己の意見を挟むなど。だが、それを横目で睨むとメリッサが一喝した。

「お黙りなさい。貴方の意見は求めてないわ。……それに、今回はあくまでナツメとアキトの要望で受けた試合よ。私はただの付き合いのようなもの……。勝つというのならば、あの二人が頑張るべきよ」

取り付く島もないメリッサの様子に、両腕を組んで俯いたマスラオが愚痴を吐いた。

「……あやつらが、それほど危険な相手とやりあうというのに、主殿はこの俺に黙って見ていろというのか。あんまりではないか……」

マスラオが思い浮かべているのは、ロメオたちの姿であった。

あの、どこか頼りない者どもが自分抜きで本当に勝てるのだろうか。……自分は、あの者達の力にはなれぬのか。一時とはいえチームとして過ごした彼らに、マスラオは僅かばかりの友情のようなものを感じていた。

「……本当に、勝てるのか。主殿は……勝つ気が、あるのか？」

マスラオが顔を上げて、己の主を見つめる。

「もちろんです。勝つ気もなしに一人頭６００万以上の試合に挑む馬鹿がいますか」

その問いに、メリッサは至って普通といった様子で答えた。

だが、本当にそうなのだろうか。メリッサの中に、自分に対する疑問が生まれる。

本当に、私は勝とうと思っているのだろうか。

もし負けたらどうなるだろうか。チームは本当に解散だろうか。

そして、自分は本当はどちらを望んでいるのだろうか……。

……わからない。メリッサには、この不器用な女性には、自分の気持ちがわからない。

だが、なにかに答えを出せずどうか待って欲しいと願おうとも、時は決して立ち止まらずただ過ぎ去っていってしまう。

そうして、人はいつでも多くのものを取りこぼしてしまうのだ。

大事なものも、なくしたくないと思ったものも。

4

そして、賭け試合当日となった。

指定されたプライベートマッチの試合場には、アキト、ナツメ、メリッサの三人の姿があった。

　その正面には、チーム・エクスプロードの三人。

　フィールドは、見晴らしのいい草原に設定されていた。

「よう。逃げずに来やがったか、間抜けども。金を取られるとも知らねえで、ご苦労さん」

　出会って早々、グレゴリオは前までの人の良さそうな演技を脱ぎ捨て、ニヤニヤと笑顔を浮かべながら言ってのけた。すでに賭け金はお互いに支払っている。もう演技をする必要はないというわけだ。

「……それが素ですか。呆(あき)れた、下品な男……今からその余裕、吹き飛ばしてあげるわ」

「そりゃどうも。ま、とっとと始めようぜ。お互い、とっとと終わって帰りたいだろ？　金をもらってよ」

　メリッサが冷たい目を向ける。だがグレゴリオのほうはそれを気にした様子もなくネクタイを正しながら答えた。

「金はデウスが管理して、試合の手数料をさっ引いたあと勝利したチームに分配してくれる。負けたら全部なしだ。勝敗も完璧に取り扱ってくれる。じゃあ、さっそくだが……」

「……待って。フィールドをそちらに指定させるとは言ってない。こんなフィールドじゃ戦う気にならない、変更を要求する」

　ナツメが割り込み、考え込むようにその細い顎に指を当てる。

そうして、じっくりと思案したといったポーズの後、言葉を続けた。

「そうだな……フィールドは、街中がいい」

「……なにぃ……？」

そんなナツメに、チーム・エクスプロードの一人、キムが苛立ちの表情を向けた。

アキトとメリッサは、それを黙って聞いている。

「ふざけんじゃねえ、てめえらにフィールドを選ばせるなんてそんなルールは決めてねえぞ！　直前になって、都合のいいこと言ってんじゃねえ！」

「都合がいいのはそっちでしょ。そもそもこちらは、一方的にそちらの申し込みを受けている立場だ。フィールドの選択権ぐらいこちらがもらう。……断るなら、アンフェアでデウスに異議を申し立てるけど？」

「……てめぇ……！」

「まあ待て」

キムが拳を握りしめて前に出ようとするのを、グレゴリオが制した。そのまま自分が前に出て、ナツメの顔を睨めつける。

「ま、そりゃあ確かにな。何もかもがこちらの用意したままじゃ、たしかにフェアじゃねえ。いいぜ、条件を呑もう。……街中か、いくつか種類があるがその中でランダムでいいな？　だが急な話だしな、そうなるとこっちも話し合いの時間が欲しい。……変更後、十分間の作戦タイムを設けて、そこから改めてスタートだ。それでいいな？」

「ああ、いいだろう。じゃあ、設定を変えるよ」

　ナツメが承認し、ホルダーを操作する。すると、周囲の草原は僅かに揺らぎ、次の瞬間には、レンガ造りの家が建ち並ぶ西洋風の街中に変化していた。

　アキトたちはその街中の、広場のようになっている場所に立っている。

「よし、じゃあこっちはこっちで話し合いさせてもらうぜ。じゃあな」

　そう言うと、グレゴリオは仲間と連れ立って狭い路地に入り込んでいった。試合開始前のカードの使用は禁止に設定されている。これならば、相手に聞かれる心配はない。

「……おい、どういうこった？　あの野郎、どうして街中なんて選びやがった？」

　入るやいなや、キムがアキトたちの方を意識しながら切り出した。

　一方のグレゴリオは、顎に手を当ててあらぬ方を見ながら答えた。

「さて。いろいろ理由は考えられるが……ありそうなのが、一つ。……あいつら……俺らの手の内を、調べやがったのかも知れねえ」

「なにっ！」

　キムが驚きの声をあげる。グレゴリオは冷静な表情でなおも続けた。

「そういうことでなきゃ、広い草原から、隠れる場所の多い街中に変更を要求する意味がわからん。草原なら、勝負はそれこそものの数分でついた。俺たちの圧勝でな。それを回避してきたということは、そうしようと思った理由があるはずだ」

「……あいつらが、単純に街中で戦いやすい編成できてるって可能性は？　高低差に強いカードとかさ」

「それもありうる。だが……ずっとコロッセオみたいな平坦な場所で試合してきた奴らが、たかだか一週間でそんな編成を組んでくるか？　戦い方に慣れる手間、それ用の連携を組む手間、考えればキリがねえ。その上、相手の手札を知らねえならそれが有効かもわからん。俺なら、そんな組み方はしねえ」

　シャミーが尋ねて、グレゴリオが答える。

　三人がそれぞれ考えるような顔をして、やがてシャミーが切り出した。

「……じゃあ、私らの試合の情報を、どうやってか手に入れたっていうの？　確かにこれまでも何チームか食ったから、そいつらが情報を売った可能性は十分あるけど……。じゃあ、私たちの手札のアンチになるようなカードを入れてきてる可能性があるってこと？」

「ああ、もしかしたらな。負ければ敗者は試合の記憶を失うＣＶＣとは違い、通常の賭け試合で完璧に情報を隠蔽することは難しい。なるほど……この一週間って期限はそれを調べ、更に対策を組むための時間か。ふん、見た目と違い、それほど馬鹿じゃねえらしい」

「言ってる場合かよ！　つーことは、この街中は俺たちの手札のアンチが戦いやすい環境ってことじゃねえか！　どうすんだよ！」

「落ち着け。今更ばたつくんじゃねえよ」

少し不安そうなシャミーと、怒り狂うキムを制し、グレゴリオがスーツについた埃(ほこり)を払う。グレゴリオは、潔癖症だった。

「確定じゃねえし、どのみち、ちょいと派手に暴れすぎたな。もし情報が出回り始めちまったとなれば、手の内を変えなきゃならん」

そこで一旦言葉を切り、仲間の顔を見回す。

「だがな、俺たちの手札にそうそうアンチなんかねえよ。単純に強力な手札だからな。それに、だ……。俺たちには、もう一つ上の手があるだろうがよ？」

ニヤリ、とグレゴリオが笑みを浮かべながらシャミーを見つめる。シャミーは、少し考えた後にニタリと邪悪な笑みを返した。

「……なるほどね。温存しといた〝あれ〟を、使うタイミングってわけ……！」

「……相手、話し合いが長引いてるな。……なあ、これ、俺たちが相手の編成を知ってることがバレたんじゃ……？」

エクスプロードの三人が歩いて行った路地を警戒しながら、アキトが仲間に語りかける。

もちろんエクスプロードの三人の推測通り、アキトたちは敵の編成などの情報を手に入れ、その情報を元にこの一週間、チームとして練習を積み重ねてきている。

戦う算段は立ててきた。だが、もしその目論見が外れたら？　彼らは他にもっと強力な編成を持っているのではないか。もしそちらに切り替えられたらどうする。そういう疑問は練習中も常にあった。

だが、ナツメは特に緊張した様子もなく、いつものように前髪をいじりながらそれに平然と答えた。

「だろうね。一週間も時間を空けて、さらにフィールドまで指定したんだ。狙いがあると思う方が自然……なら、そういう推論に至っても不思議じゃない」

「何を暢気な……！　ナツメ、あなたが言ったんでしょう、〝相手の手の内を知ってるんだから当然勝てる〟って！」

そんなナツメに、苛立ちを隠しきれない様子でメリッサが噛みついた。彼女は結局ずっと乗り気ではなかったが、この一週間、よく練習を積み、ここまで付き合ってくれていた。

その理由を、他の二人はよくわかっている。結局、この妙なところで優しい女性は〝これが最後〟と仲間に言われて、それに協力せずにはいられないのだ。

それに付け入るようで申し訳ないとは思う。だが、どうしても彼女の協力は必要だった。

「……じゃあ、相手が編成を変えてくる可能性も……？」

「どうかな。いまさら、あれほど組み上がったコンボを崩してくるとは考えにくい。基本は、おそらくそのままだろう」

「ですが、相手がその他にも手を持っていたらどうするつもりですか？　手札を変えてきたら？」

尋ねるアキトに、答えるナツメ。さらにメリッサが不安げな声で訪ねる。

そちらをちらりと横目で見ると、ナツメは自分の手の中のカードを振って見せながら答えた。

「そのときは、実力で勝つさ。それに、あれほど金のかかってるコンボを何種類も用意してるとは思えない。得意手を崩してきたら、こっちは堂々と勝つだけさ。……それとも、自信がない？」

「馬鹿なこと言わないで。あんな奴ら、手札が同等なら相手になんか……！」

腕を組んで、強気な返事をするメリッサ。その後、薄く笑って横目でナツメのほうを見ながら続けた。

「ふん、ですが、もし負けたらあなたは資金を大きく失ってコロッセオ残留ということになるのではないかしら？　言っておきますが、そのときに半べそかいて〝やっぱりもうちょっとチームを組もう〟とか言ってきても知りませんからね！」

「まあまあ……」

憎まれ口を叩き合う二人の間にアキトが割って入る。いつもの三人のやりとりだ。ナツメかメリッサがキツいことを言い、アキトがなだめる。……この二ヶ月ですっかり当然のようになったこれも、今日が最後なのだと思うと心が重い。

(いや、別に今生の別れというわけじゃない。また二人とはいつでも会えるさ……きっと)

そう、心の中で自分を励ます。本当にそうか、という暗い考えは見ないふりをして。

「とにかく、練習の通りだ。君たちは、敵のキーカードの側まで僕のカードを移動させてくれたらそれでいい。そうしたら、僕が確実に決める……いいね?」

「……本当に、やれるのですか?」

ナツメの自信ありげな言葉に、メリッサが疑問を投げかける。具体的なやり方は聞いていないが、ナツメは練習中もよく同じことを言っていた。

〝君たちの役目は、僕のカードを敵のキーカードのところまで送り届けることだ〟と。

「やれる。僕を信じてほしい。……頼んだよ、二人とも」

「もちろん。任せたよ、ナツメ」

「失敗したら、大笑いしてやるから……！　覚悟しなさい」

二人が答え、それで準備が完了した。

そして、やがてエクスプロードの三人が戻ってくる。

「よう、待たせたな。こっちは準備完了だ。あんたらがもういいのなら、始めたいがいいか?」

「ああ、良いよ。始めよう」

グレゴリオが言い、ナツメが答える。

いよいよ、始まるのか……。緊張を顔に出さないようにしながら、アキトは身構えた。

「よし、じゃあ最後に確認だ。全員が一枚ずつコールし、カードの交換はなし。マジック、スキルの使用は無制限。さらに時間制限はなしで、どちらかのバトルカードが全滅するか降参した時点で試合終了。バトルカードは、後出しを封じるために全員同時にコールだ……何か異論は？」

「ない」

「よし……じゃあ、バトルカードを構えな！」

グレゴリオが号令と共にホルダーからバトルカードを引き抜き、その仲間二人も続く。

アキトたちも一度顔を見合わせて頷き合うと、三人同時にカードを構えた。

「いくぜ……〝コール〟！」

「「「「「〝コール〟！」」」」」

六人が己のバトルカードに、宣言と共に命を吹き込む。

六枚のカードが光を放ち、煙と共にカードの戦士たちが出現した。

「ナイト……見参！」

光り輝く剣と盾を手に、まずアルファロメオが姿を現す。

【暗闇に舞い降りた闇を断つ白銀の闇を切り裂くナイト】
AP：3800　DP：4000　唯一無二のナイト　男性

「いよおおっと！　この戦場、たしかにこのエイブラハム様がぁ、ひきぃうぅうけぇたああああ！」

大見得を切りながら、エイブラハムがその巨体を躍らせる。

【アンドロイド・ウォリアー部隊02　エイブラハム】
AP：4800　DP：3800　アンドロイド

最後の一枚……占い師のような格好をし、口元をヴェールで覆い隠した少女のようなカードがしゃなりしゃなりと進み出ると、自分の周りに浮く六つの水晶玉の一つを差し出し、

「キミの未来を占ってあげる。お代は見てのお帰りでっ」

と言いながら、にこりと微笑んで見せた。


【黄金郷の占星術師アニス】

ＡＰ：４２００　ＤＰ：３０００　占星術師　男性

「……なんだぁ？　あいつら、どんなカード用意してきやがったかと思ったら全部カスカードじゃねえか！　俺たちを馬鹿にしてやがんのかぁ、イラつくぜ！」

その三枚をすべて確認したキムが、地面に転がる石を蹴り飛ばしながら吐き捨てた。すべて、ランクＲの平均かそれより下のカード。２０００万の大勝負に出してくるカードとしては見劣りするどころのレベルではない。

「ほんと、なにあれヒンソー！　しかも二枚はあいつらがコロッセオの試合でよく使ってるやつじゃん！　うわあ、こりゃ勝負にならないよ……ねえ、【ゴブリンの爆弾製造者】？」

シャミーが、馬鹿にしきった顔で自分の出したカード、【ゴブリンの爆弾製造者】に話しかける。

「キヒヒヒヒッ、ナラナイ、ナラナイ！」

子供ぐらいの背丈に緑色の肌、尖(とが)ったかぎ鼻の醜い顔。丸い爆弾が詰まった籠を背負ったそれは、己の主人を見上げながらいやらしい笑い声を上げる。

だが、そのように言うわりにそのゴブリンのステータスには相手を大きく下回っている数字が表示されていた。

【ゴブリンの爆弾製造者】
ＡＰ：１　ＤＰ：２０００　ゴブリン　男性

「ふん、まあいい、とっと消し飛ばして、高い店で女でもはべらせながら祝勝会といこうや。いいな、ダセぇところ見せるんじゃねえぞ、【破砕の大鎧アグニム】！」

キムが、自分の前に立つ２ｍに近い巨体のカードに声をかける。

それは恐ろしく分厚い装甲を纏い、顔を兜で完全に覆った、恐ろしいまでの偉容を誇る戦士であった。

【破砕の大鎧アグニム】
ＡＰ：５２００　ＤＰ：４０００　戦士　男性

「心得ている。哀れな相手だ、俺の拳で楽に逝かせてやろう。俺にできるのは、それぐらいだからな」

そう言うと、アグニムは堂に入った動きで拳を構え、振るってみせる。巨体に似合わぬ素早い一撃が、大気を切り裂き凶悪なほどの音を上げさせた。

破砕の大鎧。その名の通り、敵をすべて吹き飛ばすだけの破壊力を持つカードである。

「へっ。こりゃ、相手になんねえな」

「ふふっ、ほんとほんと」

予想通りの相手の手札の弱さに、キムとシャミーの緊張は弛緩しつつあった。

だが、ただ一人、グレゴリオだけがそれを見て表情を曇らせる。

「……いや、こいつは逆に警戒が必要かもしれん。こういう時、大体の奴は張りきって使い慣れていない高いカードを出してきて、ボロを出すものだが……あいつらは、使い慣れているカードを選択してきやがった。それに……あの一枚」

グレゴリオの視線は、【黄金郷の占星術師】に向けられていた。見慣れぬカード、少なくともアキトたちがあれを使っているところは見たことがない。

「こちらへの対策を積んでいるとしたら、おそらくあのカードだろうが……知らねえカードだ。おそらくあの、浮いている球で攻撃するんだろうが……ああいうトリッキーそうなタイプは対策がちょいと面倒だ」

「ふん……まあそうだろうが、気にしすぎじゃねえか？　防御役は予想通り、あの盾で固まるしか能のねえクソカード。あの占い師みたいな奴はおそらく支援タイプだろう。となると……相手の攻撃役はあの、意味も無く腕を増やすのがお得意のカスカード中のカスカードだぜ！　あれでどうやって俺たちをやるつもりだ、あいつら！」

ニヤニヤ笑いながら、キムがエイブラハムを顎でしゃくった。能力値、メインとアナザーの両スキル、それらすべてがバレているエイブラハム。相手としては最も楽な部類だ。

特に、自分たちの手元にそれを圧倒する数値の手札が握られているときは。

「それに比べて見てみろよ、俺たちのエースの能力値をよぉ……。へへ、いつ見てもRの中じゃ尖った数値してやがるぜ。なあ、【暗澹たる死霊術士】よお。あんなやつら、おまえの相手にはならねーんじゃねえか？」

そう言うと、キムはグレゴリオの前に立つそれ、彼らの要であるカード【暗澹たる死霊術士】の肩をバンバンと叩いた。

【暗澹たる死霊術士】

AP：7700　DP：2500　死霊術士　男性

グレゴリオの操るそれは、ぼろぎれのようなローブを纏い、骸骨のような飾りのついた錫杖を握る、ひどく顔色の悪い男だった。

落ちくぼんだ目、痩せこけた頬、ぼさぼさの髪。その瞳はどこを見ているのかも知れず濁っており、体は到底AP7700の攻撃力を持つようには見えないほどに痩せ細っている。

その死霊術士が、ガサガサの唇を震わせて、あばら屋に差し込む隙間風のような声を出した。

「……男とロボは……つまらん。だが……あの女は良いなぁ……。バラバラにしてよぉ、他の奴らとパーツのとっかえっこして遊びてぇ……ひひっ……。なあ、グレゴリオの旦那、あんたもそう思うだろ……？」

「…………」

グレゴリオは、己の手札である死霊術士のその言葉に返事をしなかった。マスターとカードの身ではあるが、グレゴリオはこのカードを嫌っている。いや、怖れていると言った方がいいかもしれない。

マスターとカードは、心を通わせて共に戦う存在。故に、互いの精神が影響を与え合うことも珍しくはない。

それが良い影響ならいいのだが、中にはマスターに悪影響を与えるカードも存在する。この死霊術士もそういったものの一枚だった。

なにしろ、暗く淀んでいるのだ、その心が。人やカードの最後を見て喜び、いたぶることに快楽を感じる異常者。このようなカードを長く使っていると、やがて持ち主も少しずつ心のタガが外れてくる。

噂では、前の持ち主はこのカードを使って……いや、このカードに使われて連続殺人を行ってしまい、その土地を守るＣＶＣプレイヤーに始末されたという。

真相は不明だが、不気味なのは間違いない。金を稼ぐために仕方なく使ってはいるが、グレゴリオにとって死霊術士はできれば早いうちに手放したいカードであった。

（この一戦が終われば、売り払うべきかもしれんな……。変な影響を受ける前に）

そう胸中でつぶやく。性能が素晴らしいのは確かだが、持ち主に従順でないカードはやはり優れているとは言いがたい。

「ふん……。だがしかし、たしかにこうしてみるとやはり相手にならんな。一週間も間を空けて、さてどんなカードを出してくるかと思ったが……。まあ、不安要素はかなり減ったと思っていいだろう」

グレゴリオがつぶやき、他の二人がうなずく。チーム・エクスプロードの三人は、今日もいつもと同じ勝利が訪れると確信していた。

一方、アキトたちも相手の手札を確認し、意見交換に忙しい。

「……ドンピシャ！　すべて、情報通りのカード……！　やりましたね」

メリッサが興奮した様子で言う。だが、アキトは死霊術士を見ながら逆に顔を曇らせた。

「だからって、別に状況がそれほど好転したわけじゃないけどね……。生で見ると、ますますものすごいステータスだ……！」

ＡＰ７７００。アキトにとっては完全に未知の世界だ。その半分ほどのＡＰのカードに苦戦したこともたくさんある。本当に、あんなカードに勝てるのだろうか？

そんなアキトを、メリッサが珍しいものを見る目で見ながら言った。

「……あなたが、知らないカードを見て欲しがらないなんて珍しいですね」

アキトは、とにかくやたらとカードを欲しがる。敵のものでも、味方のものでもだ。

大事な一戦の前に敵チームのカードを見て「あのカード欲しいなあ」などと間の抜けたことを言い、二人に呆れられることも珍しくない。

そんなアキトが、あれほどの性能のカードを見て欲しがらないというのはまったくもって奇妙と言わざるを得ない。

「……なんだろう。自分でも妙なんだけど、何故かあのカードは欲しくならない、かな」

こちらを見つめて薄笑いを浮かべている死霊術士から、目を逸らしながら言う。アキトは、バトルカードが好きだ。それは、バトルカードたちが皆キラキラと宝石のような輝きを放っているからである。

力強く勇ましい戦士たちの、一番輝く瞬間が封じ込められたかのようなカードたち。それはアキトにとって何よりも価値のある宝のようなものだ。

だが、あれは違う。あれは、醜悪な何かが、最も昏く淀む瞬間を煮詰めたような邪悪なものだ。あのカードとは、きっとロメオとの間にあるような友情にも似た感覚は育めまい。

そう、簡単に言えば、怖ろしいのだ。

アキトは、あのカードが。

……今から、あのカードと戦うのか。この、俺とロメオが。勝てるだろうか……。

「なんにしろ、相手が想像の範疇で収まってくれたならありがたい。とにかく、事前の話し合い通りに頼む。……勝つよ、二人とも」

「了解」

「言われなくとも……！」

ナツメが号令をかけ、二人が応じる。

ここまで乗り気ではなかったメリッサも、試合が始まるとなれば自然と気合いが入る。カード三枚も、気合い十分の表情で前に進み出た。

（……相手がどれほど高い火力でも関係ない。ロメオが決意を固める。俺が守る、それだけだ）

いつも通りの厳めしい顔で、ロメオが決意を固める。ＡＰ７７００。上等ではないか。弱い攻撃を防いでも自慢にはならない。ランクＲ最高峰だという火力を防いでこそ、ナイトとしての己の真価を見せつけられるはずだ。

そのロメオの隣で、エイブラハムがどことなく寂しげな声で言った。

「よろしく頼むぜ兄弟。あんたらとは、ほんの短い間一緒に組んだだけの仲だけどよ……俺の命、あんたらに預けた！　俺を見事タッチダウンさせてくれよな！」

「……なに……？」

妙なことを言うエイブラハムの顔を、ロメオが不思議そうに見つめる。

何を言っているのだ、こいつは。俺たちは何ヶ月も共に戦った仲ではないか。

確かに最近は顔を見ていなかったし、この試合のための訓練中もどこかよそよそしい感じはあった。だが、ほんの短い間という事はないはずだ。

ロメオがその疑問を口にしようとしたとき、だが、それよりも早くグレゴリオが声を上げた。

「じゃあ、始めるぞ！　いいな！」

「ああ」

「よし……デウス！　試合開始の合図を出せ！」

グレゴリオが最後の確認を取り、ナツメが答える。六人と六枚が身構え、その時を待つ。

そして、仮想空間の街にブザーの音が鳴り響き、デウスのシステムが開始の合図を発した。

《これより、戦闘行為を許可します……試合開始》

「……アニス！」

それと同時に、メリッサが自分の手札、【黄金郷の占星術師アニス】に命令を出した。

アニスという名のそのカードが自分の周囲に浮く水晶玉の一つに僅かに触れると、それは光を点し急激な動きで空中を跳ね飛んだ。

「いけっ、ボクの玉！」

それはそのまま猛烈な勢いでチーム・エクスプロードの手札めがけて突き進んでいく。

高速でこちらに飛来するそれの動きを、カードに陣形をとらせながらもエクスプロードの三人は正確に捉えていた。その玉の狙いを見定める。まっすぐ飛んでいくその先にいるのは……【ゴブリンの爆弾製造者】！

「へっ、狙ってくると思ったぜ……アグニム！」

「わかっている」

キムが命令を出し、破砕の大鎧アグニムがその巨体からは想像もできないほどの俊敏な動きでその間に割り込んだ。水晶玉は空中でゆらゆらと軌道を変えてアグニムを避けて通ろうとしたが、アグニムはそれを完全に読み切り、素早いステップで水晶玉を拳の射程範囲内に収めると、軽快に放った右の拳で打ち据えた。

水晶玉は甲高い音を上げ、アニスたちのほうにはじき返される。

「へっ、ぬるいぜ。露骨に弱いゴブリンの特殊能力を警戒して、まず狙ってくるのはわかりきってるからなぁ、防げねえ方がどうかしている」

キムがニヤついて言う。キムは腕のいいマスターで、チーム・エクスプロードの肉弾戦担当だ。コロッセオで試合をしていた頃は、あまりに派手に相手をたたき壊すため〝壊し屋キム〟と呼ばれていたほどである。並みの相手ではない。

また、破砕の大鎧アグニムも非常に強力なカードとして知られている厄介なカードだ。

そんな一人と一枚が組んでいるのだから、彼らはおそろしく危険なコンビと言えた。

だが、一方のアニスはにこりと微笑むと、くるくると右手を回し始めた。

「はたしてそれはどうでしょう！　ボクの玉は……ほーら、こんなこともできますよ！」

すると、アグニムに弾き飛ばされた玉が空中でピタリと動きを止め、そして再び加速し突進を再開する。それはまるで生きているかのように空中を飛び回り、隙を窺うようにアグニムたちの周囲を旋回し始めた。

キムが、ぎりっと歯を鳴らして叫ぶ。

「けっ、そういうタイプかよ……！　だが、そんなもんがこの俺様に通用すると思ってんじゃねえ！　【破砕の大鎧アグニム】メインスキル……〈破砕の豪腕〉！」

そのままホルダーからスキルカードを取り出して使用する。すると、アグニムの両腕に光が灯り、気合いの声が上がった。

「おおおおっ！」

次いでアグニムが雷光のように飛び出し、そのままの勢いで光の灯った豪腕による一撃を放ち、それがアニスの水晶玉に触れた瞬間、それは最初から砂の塊であったかのように粉みじんになってはじけ飛び、仮想の街に飛び散った。

「ああっ!?　ボクの玉がぁ！」

アニスが悲鳴を上げる。

これこそが、破砕の大鎧アグニムの代名詞ともいえるメインスキルの、その効果であった。

【破砕の大鎧アグニム】メインスキル：〈破砕の豪腕〉
このスキル使用後、戦闘終了まで、このカードが攻撃を当てた対象のＤＰがこのカードのＡＰ以下であった場合、その命中した部分を破壊する。

単純な効果ではあるが、それゆえに強烈だ。なにしろ、アグニムのＡＰより下のＤＰならば、防御しようとも関係なくその部位を粉々にされるのだ。

ロメオのような盾役にとっては天敵とも言えるスキルであった。

（知っていたとはいえ、やはり、えげつないな……！）

アキトが思わず肝を冷やす。砕く効果は、まともに一撃が入らなければ発動しないらしいが、あれはほぼこちらの防御を否定するスキルと言っていい。

考えたくもないが、万が一ロメオがあれを食らったら、盾を砕かれそのまま肉体も吹き飛ばされかねない。冗談じゃない……！

「はっ、なんだ奇襲は失敗か!?　ならこっちは悠々と準備を進めさせてもらうぜ……おい、キム！」

「おうよ！　破砕の大鎧にゴブリン、てめぇらにマジックをくれてやるぜ！　ほらよっ！」

グレゴリオの命じるままにキムがホルダーからマジックカードを二枚取り出し、即座に使用した。

マジックカードとは、バトルカードなどにかけることができる使い捨てのカードだ。効果によっては何百億とするようなものも存在するが、安いものならば数万で手に入る。

今、そのマジックカードの、なんらかの効果を持つそれがキムの手によって発動したのだ。

「…………」

その様子を、ナツメが鋭い目つきで見つめていた。何かを確認するように。

やがてアグニムとゴブリンの体が一瞬輝き、マジックカードの効果が二枚に付与されたことを確認すると、ついでグレゴリオが自身のホルダーからスキルカードを一枚取り出し掲げて見せた。

「よし、いけ！【暗澹(あんたん)たる死霊術士】メインスキル……〈疾駆する亡獣〉！」

「きひひひひいいっ！」

グレゴリオの言葉と共に、暗澹たる死霊術士に力が注ぎ込まれる。漲(みなぎ)る力に興奮した死霊術士が両手を掲げ、愉悦の叫び声を上げた。

やがて、その前方の地面に黒く大きなシミのようなものが湧きだし、広がり、その中から、ぞる、と巨大ななにかが這い上がった。

「ひっ……」

アニスが思わず悲鳴を上げる。

それは、巨大な頭蓋骨であった。人の全長と同じぐらいある頭蓋骨の眼窩に赤い光の灯った、不気味な化け物。

ついでその全身が這い上がってくる。それは、巨大な頭蓋骨の後方に芋虫のような体が続き、そこに八本の鋭く尖ったムカデのような足を持っていた。

暗澹たる死霊術士が使役する、邪悪な化け物が姿を現した。

（……あれが、暗澹たる死霊術士のメインスキル、〈疾駆する亡獣〉か……！）

アキトが胸中で驚きの声を上げる。情報としては聞いていたが、実物は想像以上に醜悪であった。

だがアキトたちが動揺している間にもグレゴリオたちの動きは止まらない。ついで、出現したそれにゴブリンの爆弾製造者が張り付くと、待ってましたとばかりにシャミーがスキルカードを使用した。

「【ゴブリンの爆弾製造者】メインスキル……！」

瞬間、ゴブリンの爆弾製造者の両手が輝き、それが疾駆する亡獣に伝播する。

やがてそれが収まると、グレゴリオが大きく歪んだ笑みを浮かべ叫んだ。

「コンボ完成だ……！　やれ、死霊術士！　亡獣を放て！」

「キヒヒヒッ！　いけ、殺せ！　奴らの死骸をまき散らせ!!」

「オオオォォォ……！」

その命令に呼応し、亡獣がその巨体を震わせて突撃を開始する。

八本の足を虫のように高速で動かし瞬時にトップスピードに至ると、それはロメオたちとの間にあった距離を一気に駆け抜けた。

(……速いっ……！)

想定していたよりも遥かに速い。もう、僅かな時間で相手はこちらを攻撃範囲に収めてくる。慌てたアキトが、仲間を守ろうとロメオを前に出す。だが。

「……いけない、アキト！　まともに受けては駄目！」

メリッサが切羽詰まった声を上げる。

はっと気づいたときには、亡獣はロメオの目の前に到達し、そしてその体が閃光を放った。

「……間に合えっ……」

アキトがカードを切る。そして、その瞬間……亡獣の体が、轟音と共にはじけ飛んだ。

「……きゃあああっ！」

ロメオの後方に位置していたアニスが、あまりの音と爆発に悲鳴を上げる。耳が瞬間的に機能を失い、音が消えた。

亡獣が大爆発を起こしたのだ。あまりにも大きな爆発の威力で地面がえぐれ、破片が周囲に飛び散った。

「ひゃははは っ……相変わらず、イカれた威力してやがるぜ！　Rカードとは思えねえ！」

爆発により生じた煙が視界を奪い、その向こうからグレゴリオの哄笑が響き渡る。

そして、それが晴れたそこには……。

亡獣も、そしてロメオの姿もどこにもなかった。

「……嘘だろっ……。おい、やられちまったのかよナイトの兄ちゃん！　馬鹿な、あんな堅い奴が一撃でっ……!?」

エイブラハムが驚愕の声を上げる。とてつもない威力の一撃であった。まともにくらえば耐えられるRカードは存在しないだろう。……だが。

「……がはっ！」

そのエイブラハムの目の前に、何かが降ってきた。重い音と共に地面にたたきつけられたそれは、くぐもった苦痛の声を上げる。

それは、上空に高く吹き飛ばされていたロメオだった。爆発の威力が凄まじすぎて、それを受け止めたロメオの体は数秒もの間、宙に打ち上げられていたのである。

「おおっ……！　大丈夫か、兄ちゃん！　しっかりしろ、傷は浅いぞ！」

「……見もせずに浅いとか言うのは、やめやがってくれませんかねぇ……！」

エイブラハムの手を借りて、よろよろと立ち上がりながらロメオが言う。

自慢の鎧はあちこちにひびが入り、盾は一部が欠け、額からは血が垂れている。

「ロメオッ……！」

あの瞬間。アキトは、ロメオのメインスキルである〈アキュネイオンの大盾〉をどうにか発動させていたが、瞬間的にＤＰ８０００相当に至るそれを以てしても、相手の爆発は完全には防ぎきれないほどの威力だったのだ。

とてつもない一撃。過剰すぎる火力といえる。

「ほう、耐えやがった……！　そうか、スキルを使いやがったな！　だが、初見で今の爆発にスキルを合わせてくるってこたぁ……。てめぇら！　やはり、俺たちの手の内を知ってやがったな……！」

グレゴリオが吠える。

エクスプロードの三人のデッキ。それは死霊術士のメインスキルで出現する、本体と同じＡＰを持つトークン【疾駆する亡獣】をゴブリンの爆弾製造者で爆弾に変え、敵に突っ込ませるというコンボデッキであった。その威力、併せて実にＡＰ：８７００相当。

三人はこの凶悪すぎるコンボを〝亡獣爆破コンボ〟と呼んでいた。

【ゴブリンの爆弾製造者】メインスキル：〈ヒューマン・ボム〉
スキル使用後一定時間、意志を持たない物か、このカードが接触しそれに同意したランクR以下のバトルカードに自爆効果を付与できるようになる。この効果を受けた対象は、受けた対象かそれを操作する者が敵と判定した相手に接近した時、この対象のAPに1000足した威力の爆発を起こす。

やはり。やはりか。やはり、知っていやがった。

だが……それがなんだ？

「この一発で終わるとは思ってねえよなあっ……!? 疾駆する亡獣はっ……不死身かつ、無敵の存在だ！」

グレゴリオの叫びに呼応するように、亡獣が吹き飛んだ場所に黒いシミのようなものが集まりだした。やがてそれは大きな闇の塊となり、そして……その中から、たった今吹き飛んだはずの【疾駆する亡獣】が、再びぞろりとその巨体を這い出させた。

「っ……」

知っていた、理解していたはずの効果であったが、それでもアキトは戦慄した。

【暗澹たる死霊術士】のメインスキルで登場するトークン、【疾駆する亡獣】。

それは、本体を破壊されない限り永遠に蘇る、不死身の存在だったのだ。

【暗澹たる死霊術士】　メインスキル：〈疾駆する亡獣〉
使用後、このカードの基本能力値と同じＡＰとＤＰを持つ【疾駆する亡獣】トークンを一枚場に出す。このトークンは自立行動し、破壊されても即座に再生する。このトークンは【暗澹たる死霊術士】がカードに戻るか破壊されたとき場から取り除かれる。

トークンとは、カードから発する子機のようなものだ。場に出ると大体のトークンは持ち主の簡単な命令に応じて自分の判断で行動する。

また、例外はあるがトークンの視界は基本的にその持ち主には共有されない。

中には視界を共有できたり、使用者が直接操作できたりするトークンも存在するが、大体のものは単純に手数を増やす目的として使われる。

ただし、この【疾駆する亡獣】に関して言えば、それは手数を増やすなどという生ぬいものでは決してない。

「ははははっ！　どうするどうする、一発でてめえらの盾役が空中をお散歩するほどの威力だぜ！　何発分スキルを持ってきた!?　備えは十分かぁ!?　好きなだけ……てめえらの損失を増やしやがれ！」

「オオオオオッ……！」

亡獣が吠え、突撃を再開する。距離を詰められれば、再びあの爆発が起きる……ロメオたちは一斉に散開し、距離を取ろうとするが、亡獣はその巨体からは想像できないほどのフットワークでその後を追う。

「ははは、ほらほら逃げろ逃げろ！　無敵の爆弾がてめえらを追い続けるぜ、どこまで逃げ続けられるか楽しみじゃねえか！　ええ、おい！」

相手を動揺させようとグレゴリオが口撃を続ける。亡獣に付与された、自爆の効果はいまだ健在だ。いくら倒されようが、自爆しようが、即座に再生し突撃を繰り返す無限爆弾。これこそが、グレゴリオたちのデッキのメインコンセプトである亡獣爆破コンボである。対するアキトたちの顔には明確に焦りが見て取れた。対処が予想以上に困難であることに、実際に対峙して気づいたのだろう。

これならば、勝利は時間の問題だ、と思った。だが。

ふと、グレゴリオが不審に思う。

（……なんだ？　妙だぞ……）

……やつら、どうしてこの場所で頑張って戦ってやがる？

ナツメたちは、試合の場所としてこの街中を指定した。おそらく、構造物や曲がり角の多い街中を移動して亡獣をやり過ごそうと考えていたのではないか。では、どうしてそこに移動せず、ここで戦っている？

今居る場所は、空間としてそれなりに開けている街の広場のような場所だ。逃げ回るのならば、それなりに狭い路地なりに飛び込んで曲がり角などを駆使した方がましなはずだ。

それが、どうして移動しない？

亡獣を消すには、本体である死霊術士を倒さねばならない。ないしは、爆弾の能力を封じるためにゴブリンをだ。それらが視界内にいる今のうちにどうにかしようとするというのはわかる。

だが、それにしても動きが消極的すぎる。こちらに向かってくる気配がない。

そもそも、それを考えていたのなら、もっと機動力があるカードや飛び道具を持つカードで編成すべきだったはずだ。

（……なんだ？　動揺して、そんな判断もできなくなっ……）

そこで、はっと気づく。必死で逃げる敵のうちの一枚、【黄金郷の占星術師アニス】。その周囲に浮いている水晶玉が、四つしかない。

たしか、最初は六つあったはずだ。そのうち一つは【破砕の大鎧（おおよろい）】が先ほど砕いた。

だが、もう一つはどこに……？

「……そういうことか！　死霊術士……後ろだ！」

思考が、間に合った。いつの間にか、水晶玉の一つはグレゴリオたちを回り込んで死霊術士の背後に到達していたのである。

まさしくグレゴリオが叫んだその瞬間、水晶玉が跳ね飛び、死霊術士めがけて突撃した。

(気づかれたっ……あと、少しだったのにっ！)

メリッサが、胸中で舌打ちした。爆発で上がった土埃を利用して、密かに仕掛けたトラップはギリギリで敵に看破された。だが、今更止められない。やるしかない。

狙いは、死霊術士の頸椎。DPを2500しか持たない死霊術士に不意を突いた一撃を決められれば、きっと一撃でたたき割れる……！

「うおっ……！」

だが、咄嗟にグレゴリオの視界を使った死霊術士は、振り返らず即座に頭を反らす。

瞬間、その顔のすぐ横を猛烈な勢いで水晶玉が掠めていき、死霊術士は肩の肉などをけずられたがそれでもその致命的な一撃を回避した。

「……あぶねえっ……」

死霊術士が動揺の声を上げる。

まともに食らえば終わっていた……。だが、奇襲は失敗したのだ。

「てめえ……よくも、やりやがったなぁ……！」

死霊術士が叫び、弧を描いて再びやってくる水晶玉に対して握った錫杖を振り上げ構えを取る。だが、死霊術士がなにかをする前に破砕の大鎧アグニムが飛び出すと、気合いの声と共に鋭い一撃を突き出し再び水晶玉を粉々に粉砕してしまった。

「ああっ、失敗しちゃいましたあっ……！」

アニスが悲鳴を上げ、粉々になった水晶玉がキラキラと光を放ちながら飛び散る。それは風に乗って死霊術士の体にまとわりついた。

それを煩わしそうに払いながら、死霊術士が叫ぶ。

「クソが、せこい真似しやがって！　やれ、亡獣！　そいつらを粉々の挽き肉にしろぉ！」

それと呼応するように、亡獣がさらに凶暴になって疾駆する。

これ以上この場にいては、再び爆発されるのは時間の問題であろう。

「奇襲は、失敗か……！　仕方ない……移動して、みんな！」

「戦略的反転！」

アキトが叫び、ロメオがそれに従って架空の街の路地裏に飛び込む。それにエイブラハムとアニスが続いた。

「三十六計、逃げるに如かずってな！　デカ虫、こっちまできやがれってんだ！」

「えっと、えっと……ボクの占いでは、右の方が吉って出たよ！　右、右！」

口々に言い合いながら、狭い路地裏を走り抜けていく。その後を亡獣が建物の壁を吹き飛ばしながら追う。さすがに速度は落ちたが、亡獣は舗装された道を滅茶苦茶に踏み壊しながら愚直に猛進を続ける。

「へっ、やっぱりそう来たか。俺たちのコンボを知った上で、奇襲を仕掛け、失敗すれば街中で亡獣をどうにか撒こうとする作戦……。無駄だぜ、カスども！　俺たちの爆破コンボは無敵だ！　追いつかれて、追い込まれて、てめえらのカスカードは木っ端微塵だ！」

余裕のある表情でグレゴリオが吠える。この状況になれば、もう自分たちに負けはない。いくら逃げ回ろうと、無駄なことだ。

だが、そこでふと気づく。敵のカードたちは慌てて逃げていったというのに、ナツメたちマスター三人がこの場を離れない。

「……どうした？　大事なカードなんだろ？　ついてってやんなくていいのかよ。遠隔操作なんか、できんのか？　てめぇらに？」

「余計なお世話です。口出しは無用」

フン、とグレゴリオは鼻を鳴らしたが、その理由には見当がついていた。

探るように語りかけるグレゴリオに、メリッサが返す。

カードの脚力は、人間とは比べものにならない。マスターへの攻撃がルールにある場合はともかく、今回のようなカードのみの戦闘で機動力をフルに活用するのならば、マスターは足手まといにしかならない。

それゆえ、カードたちのみで行動する方を選んだのだろう。そして、もう一つ。

（……自分たちで死霊術士たちを見張るつもりか？　結局、あいつらが勝つためにはコンボの要である死霊術士とゴブリンをどうにかしないといけねえ。使い手である自分たちで

見張っておいて、どうにかカードを使ってまた奇襲を仕掛けたいってところか）

だが、無駄なこと。グレゴリオが視線で合図すると、シャミーはにやりと微笑んでゴブリンを操った。ゴブリンはにやりと笑って背中に背負った籠から爆弾の一つを取り出すと、それを勢いよくアキトたちめがけて放り投げる。

「うおっ……！」

飛んでくる爆弾に驚いたアキトが両腕で己の顔を庇う。爆弾は空中で閃光を放ち、轟音と共にはじけ飛んだ。アキトたちの体は、現在デウスにより保護されているため怪我などの恐れはない。とはいえ、それでも反射的に身が竦む。

再びの爆発が土煙を巻き上げ、視界が遮られる。しまった、とアキトは思った。

視界の遮断。それがおそらくこの攻撃の狙いだ。グレゴリオたちはアキトたちの視線から隠れて、何かをするつもりだ。

アキトが僅かでも情報を得ようと目を凝らすと、土煙の向こうに僅かにグレゴリオの姿が見えた。その手には二枚のカードが握られており、ついで何かを呟くのが聞こえる。

「……、アナザー……」

（……アナザーだと……？）

アナザー。アナザーと言ったか。アナザースキル……グレゴリオは、今、手札のアナザースキルを使用している……!?

そうして、やがて土煙が晴れた先では、グレゴリオら三人のマスターだけを残して、その手札たちは全ていずこかへと姿を消してしまっていた。

「……っ。あなたたち！　バトルカードをどこにやったのです!?」

「さあてね。てめえらに教えてやる義理はねえな。当ててみなよ、ねえちゃん」

問うメリッサに、キムがニヤついた顔で答える。

バトルカードを隠された……走って街中に飛び込ませたのか、それともなんらかのスキルやマジックで移動させたのか。どちらにしろ、これでは追いようがない。

「……どうする、ナツメ。ここにいてもしょうがないぞ、今からロメオたちを追うか!?」

「落ち着いて、アキト。この展開は想定の範囲内でしょ」

アキトが動揺し、思わず駆け出しそうになる。それをナツメが冷静に制した。

「マスターが走り回れば、どうしても操作は鈍る。このルールなら、僕たちはただの邪魔だ。今は、カードを信じて全身全霊で操ることを考えて。カードたちの力を最大限引き出すんだ。それが勝ちに繋（つな）がる、いいね？」

「……ああ、そうだな。ごめん、そのとおりだ。今は、ロメオたちを信じよう」

そのナツメの言葉で、アキトは冷静さを取り戻した。

そうだ、この日のために訓練を積んできたのだ、それに。

「……それに、奴（やつ）らはあのコンボを無敵だと言ったが……。わかっていれば、あれほど対処の簡単な相手はいない……！」

「……うおおおおっ……！」

　ロメオが街中を駆け抜け、次いで跳躍し噴水を飛び越えた。

　その数秒後に亡獣が噴水に激突し、破片と水流がまき散らされる。だが、亡獣はそれを意にも介さず再び突撃を開始した。

「ちくしょう、しつけぇ野郎だぜぇっ……！　ありゃあトークンだろ!?　頑張りすぎじゃねえのかっ」

　エイブラハムがどすどすと巨体を揺らしながらそれに続く。さらにその後を走るアニスが悲鳴のような声を上げた。

「はっ、はやいよぉっ……。やだあっ、吹き飛びたくなぁい！」

　直線では亡獣の方が速い。距離を稼ぐには、曲がり角を活用せねば。

　やがてT字路にさしかかり、三枚が全力疾走しながら一斉に右へ曲がる。追いすがる亡獣は、前足を地面に突き刺し無理矢理(むりやり)に慣性を殺しながら、ドリフトのような動きで追ってきた。それでも完全には曲がりきれず、ぶつかった家が吹き飛んだがおかまいなしだ。

「うわああん、追いつかれるぅ！　ヤバいヤバいヤバいいいいい！」

「諦めるな、走れ！　もう少しで……」

アニスが泣き言を言い、ロメオが励ます。

だが。その瞬間、ロメオらの進行方向にある家屋の壁が轟音と共に吹き飛び、そこから、ぬうっとなにかが顔を出した。

巨体の、重厚な鎧を纏ったカード。破砕の大鎧アグニムだ。

「なっ……」

「悪いが、ここで行き止まりだ。……おまえらの命が、な」

アキトたちの前から姿を消した敵チームのバトルカード。その一枚であるアグニムは、亡獣が派手に走り回る音を頼りに、ロメオ達のルートを予想して先回りしていたのだ。

それも、建物の壁を自慢の拳で粉砕し、ショートカットしながら。

そしてその言葉と共に、アグニムは右拳を猛烈な勢いで地面に叩き付けた。

「ぬんっ！」

その破壊の豪腕が突き立った瞬間、地面が爆ぜ破片が飛び散る。

「うおおっ……！」

体に飛んでくる破片を防ぎながら、ロメオたちの動きが止まる。

無理にでも進めば、アグニムの格好の餌食だ。その背後に、亡獣が迫った。

「オオオオッ……！」

「っ……」

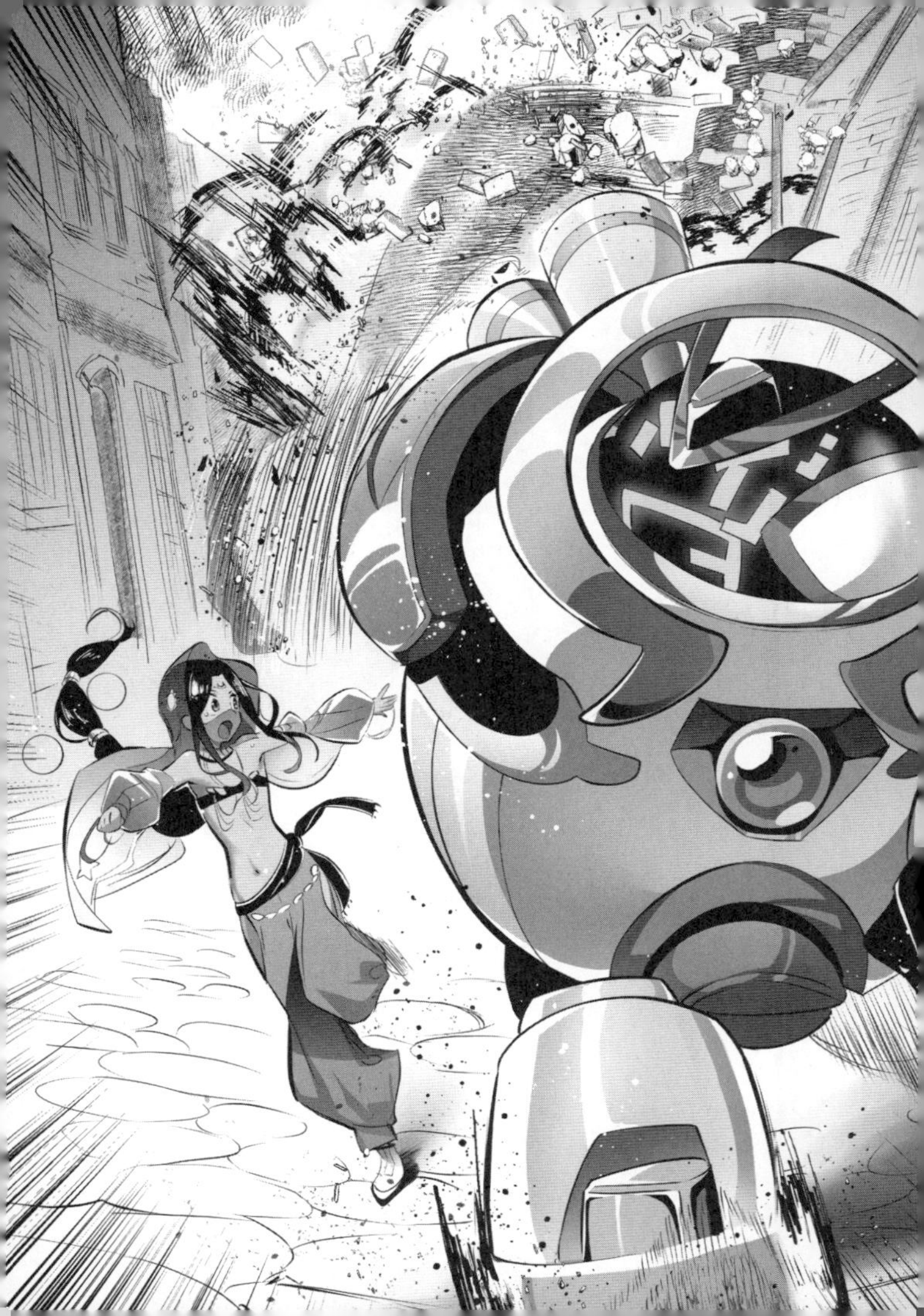

このままでは、三人まとめて吹き飛ばされる。……ならば。

一瞬の思考の後、ロメオは身を翻し、仲間を守るべく亡獣の方に向かって飛び出した。

「おい、正気かッ!?」

エイブラハムが声を上げる。馬鹿な。無謀だ。

だが、ロメオは、そしてそれを操るアキトはただ無策で飛び出したわけではない。

『ロメオ!』

『わかっている……合わせてくれ、マスター!』

先ほどの一撃で、相手が爆発する距離はすでに測っている。

先ほどは、それがわからず近すぎる距離で大盾を使用してしまった。それゆえ、爆発の力が収束し、盾に吸い込まれる前にいくらかを身に受けてしまい、衝撃を殺しきれなかったのだ。

だが、今ならば……!

亡獣の巨体がロメオまで1mほどの距離に到達する。

その瞬間、亡獣が閃光を放った。

「……今だ！　マスター!」

それに合わせ、ロメオが叫びながらバックステップし距離を稼ぐ。

そして。

『いくぞ、ロメオ……〈アキュネイオンの大盾〉！』

アキトがカードを掲げ、その力を遠隔地のロメオに注ぎ込む。

スキルの効果は、互いにどれほどの距離があろうが関係なくその瞬間に発動する。

轟音と共に亡獣が爆ぜ、ロメオの体の前でしっかりと構えられた大盾が、その爆発力をすべて吸い込む。

周囲の攻撃を一方的に自分の盾に集めるロメオの大盾。その対象が爆発などの形を持たぬものであった場合、それはエネルギーに変換され、まっすぐに向かってきて、そしてロメオの盾にぶつかった直後に元の状態に戻る。

「……うおおおおッ！」

範囲内の爆発がエネルギーの光線となって盾を直撃し、ついで元の形を取り戻し炸裂する。その圧倒的な力はロメオの体を激しく後ずさりさせたが、地面を削りながらロメオは渾身の力で踏みとどまり、そして、割れることも吹き飛ぶこともなくそれを受け止めきってみせた。

「……やったっ……！」

アキトが思わず歓声を上げる。タイミングを見誤れば終わりの難しい動作だったが、アキトは無事、ロメオを失わず、そして味方も守り切ってみせたのである。

「やるじゃないですか、アキト！」

「アキト、助かった。ありがとう」

メリッサとナツメが口々に言う。二人はアキトの防御技術を信頼していたが、それでも難しい場面であった。

「へっ、なぁに褒め合ってやがる!?　スキル使ってどうにか一発防いだだけでご満悦かぁ!?　ほらほら、すぐにまた復活するぜ！」

それに水を差すようにキムが叫んだ。

その言葉通り、亡獣はもうすでに復活を始めている。さらには、爆発を防いだとはいえその衝撃に未(いま)だ体勢の整わないロメオめがけてアグニムが突っ込んでくる。

「面倒なヤツだ……自慢の盾ごと粉々にしてくれる！」

言いつつ、アグニムがその豪腕を振りかぶる。だが、そうはさせじとエイブラハムが横合いから蹴りを放った。

「おらよっ！」

「ぬっ……」

咄嗟(とっさ)にアグニムが腕でそれを防ぐ。それに合わせるように、アニスの水晶玉が飛び、その横面を叩(たた)いた。

「えいっ！」

「むっ……」

アニスの攻撃力では、アグニム相手に十分なダメージを与えられたとは言えなかったが、それでも巨体がよろめいた。

好機とばかりにその横を、ロメオら三枚が破壊された道路を飛び越えながら通り抜ける。

「ちいっ、悪あがきを……！」

アグニムは即座にその後を追おうとしたが、そこで復活を遂げた亡獣が突っ込んできた。

万が一、爆発に巻き込まれてはたまらない。仕方なしにアグニムは道を空けて亡獣を先に行かせた。そうして亡獣と十分な距離が出来たのを確認してから、アグニムが一定の距離を取って後を追い始める。

「いつまでも逃げられると思うな！　フィールドはそう広くない、そのうち限界が……」

アグニムが言いながら後を追い、角を曲がったところで、だが驚いて立ち止まった。

その先。十字路になっている地点で、ロメオたちが、逃げるどころか立ち止まってこちらを待っていたからだ。

「ほう……観念しやがったか！」

アグニムのマスターであるキムが、アグニムの目を通してそれに気づき、声を上げる。

だが、アキトたちはそれを相手にせずお互いの顔を見合わせた。

「ここならいいだろう。メリッサ、頼む」

「ええ……アニス！　預けておいたカードを！」

マスターの指示は、離れていても即座にカードたちに伝わる。

「はいな、マスター！」

指示を受けたアニスが胸元から数枚のカードを取り出すと、それを地面に放って叫んだ。

「出ておいで、子豚ちゃん！　コール！」

瞬間、そのカードたちが勢いよく煙を吐き出し、そしてそれが収まったそこには……何匹もの豚が立っていた。

「……なにぃっ……？」

キムが驚きの声を上げる。豚。どう見ても、普通の豚だ。おそらく今使用したのはアイテムカードであろう。生きた豚が閉じ込められているだけの、アイテムカード。出すだけのアイテムカードならば、バトルカードや秘書カードたちでも使用することができる。

だが、何故この場面でそんなものを……？

不審に思っていると、アニスはさらに懐から砂のようなものを取り出し、豚たちに振りかけ、それを確認するとマスターであるメリッサがスキルカードを使用した。

「アニス、アナザースキル……！」

即座にその効果は現れ、アニスの周囲に浮いている水晶玉がすべて淡い光を放ち始めた。

（なんだ？　ここでアナザースキルだと、何の効果だ……？）

キムは訝しんだが、そうしたところで効果がわかるわけもない。何しろ、存在自体、知らなかったカードなのだ。そのアナザーなど当然ながら知りはしない。

見たところ、ただ玉が光っただけにしか見えなかったが……。

「よしっ……。これで、準備オッケー！　いつでもいけるよ！」

アニスが言い、ロメオたちが頷（うなず）く。

そうしているうちに、ただのトークンである亡獣は状況を考えもせず突撃し、まっすぐロメオたち目がけて突っ込んできた。

「ピイッ!?」

やがて、何処（どこ）とも知れぬ場所にいきなり出され、そして恐ろしいものの接近に気づいた哀れな豚たちが、悲痛な鳴き声を上げると凄（すさ）まじい勢いで散り散りに駆けだした。

だが一方のロメオたちは、亡獣が突っ込んできているというのに、緊張した面持ちのままその場を動かない。

そこに、亡獣が接近する。

もう、すぐそこ、もうすぐにでも爆破範囲の１ｍに到達する……！

……だが。次の瞬間、亡獣はその進路を急激に曲げると、ロメオたちには目もくれず、逃げ出した豚たちめがけて突進を開始した。

「……何ぃ!?」

「えっ、何？　どうなったの……？　何が起きてるの、ちょっと、キム！」

キムが驚きの声を上げ、シャミーが状況の説明を求める。彼女のカードは現地にいないので、状況が掴めないのだ。よってどうなっているのかはアグニムの視覚を共有しているキムに聞くしかない。

「それが……奴らがいきなりただの豚を出してきて、亡獣が、奴らのカードじゃなくてそっちの方を追いかけ始めやがった！　おい、グレゴリオ……！」

「っ……」

グレゴリオが絶句する。まさか。こいつら……！

その彼らを見つめながら、ナツメが静かな口調で語り出した。

「そういうこと。君たちご自慢の死霊爆弾、【疾駆する亡獣】は自立行動型。さらに言えば、強力である反面、デメリットもデカい……。つまり、あいつは敵や味方の区別すらついてない。ただ、周囲の熱源を探知して一番近いものを狙っているだけだ」

そう、疾駆する亡獣には弱点があった。トークンの中でも本体と同じ性能を持ち、不死身という破格の性能の代わりに、その行動原理は恐ろしく単純で、一番近い熱源にひたすら突撃するというだけのものだったのである。

そのことを、仕入れた情報から推測したナツメたちは対策を立てていた。

すなわち、囮となる動物を放ち追尾対象を変更させる、この手だ。豚は見た目より遙かに走るのが速く、また小回りも利く。直線ならまだしも、街中を走り回られれば思考能力の無い亡獣では追いつくのに時間がかかる。

そして、一度ロメオたちと距離が離れれば、もはや亡獣は脅威とはなり得ない。

「だから、君たちは味方のカードを亡獣に攻撃されないように、先にマジックを入れる必要があった。……最初に使ったアレは、かけられた対象が熱源を感知されなくなるマジック、〈密林の泥〉だろう？」

「……てめえっ……」

グレゴリオが呻く。すべてがその通りだった。

亡獣は、己の本体である死霊術士以外のすべてを分け隔て無く攻撃する。だから、先にマジックを入れなければ味方なはずのアグニムやゴブリンたちに襲いかかってしまう。

しかしその行動原理さえわかっていれば、使い手の意思が介在しないトークンなどどうとでも対処が可能だ。

そしてそれはまんまとはまり、いまや亡獣は豚を追いかけるだけの無意味なポンコツと化してしまった。

そして。

「……これで、まんまとそちらの一枚だけを隔離できた。それじゃあ、遠慮なく刈り取らせてもらう」

ナツメが宣言する。そうして、亡獣を切り離され、たった一枚でロメオら三枚の前に立つ羽目になったアグニムに向けて、その手札であるエイブラハムを勢いよく突撃させた。

この状況だ。事前の情報から、グレゴリオたちが死霊術士やゴブリンを隠してアグニムだけを前に出してくることはわかっていた。

その裏をかき、アグニムだけがおびき出されたこの状況を作るために、ナツメたちは亡獣から必死の思いでカード達（たち）を逃がし続けていたのである。

「ぬうっ……！」

「よっしゃあっ！　ずりぃとは言わせねえ、散々追いかけ回してくれたお礼、させてもらうぜぇ！」

アグニムが呻（うめ）き、エイブラハムが叫びながら飛びかかる。それに対して、ナツメがスキルカードを使用した。

「エイブラハム、メインスキル……〈ウェポン・ラック〉！」

それとともに、エイブラハムの腰のあたりに四角い金属の箱が出現する。そこに勢いよく手を突っ込むと、エイブラハムはその中からメタリックなこしらえの長刀を引き抜いた。

【アンドロイド・ウォリアー部隊０２　エイブラハム】メインスキル：〈ウェポン・ラック〉
使用後、戦闘終了までこのカードの腰に無限に武器が取り出せるウェポンラックが出現する。ここから取り出した武器を使用する場合、このカードのＡＰは元の数値から５００上

昇する。

「オラァ！」

「……舐めるな！」

かけ声と共に長刀を振るう。だが、その一撃は勢いよく突き出されたアグニムの右手に触れ粉々に砕け散った。

「まだまだぁ！」

次いで、大型の棍棒を取り出したたきつける。それを受け止めつつ、アグニムはエイブラハムから距離を取ろうとするが、即座にロメオが連携し剣を突き出してくる。

「卑怯くさいが仕方ない！　文句はここにいない味方に言え！」

「くっ……」

それをどうにかはじきながら、アグニムは周囲に視線を巡らせる。もう一枚、おそらくこのような状況ではもっとも面倒であろう相手の攻撃に対処するためだ。

案の定、エイブラハムの陰から水晶玉が顔を覗かせ、アグニムの足をめがけ突撃してきた。

「ぐっ……！」

水晶玉の一撃がアグニムの腿を掠め、鎧を削り取り肉に至る。血しぶきが舞い、思わず体勢を崩したところにエイブラハムとロメオが一気呵成に攻め込んでくる。

三対一。アグニムが相当に強力なカードであるとはいえ、流石に分が悪い。

「ちいっ……おい、グレゴリオ！」

必死にアグニムを操作しながら、キムが自分たちのボスに目を向ける。キムは腕のたつマスターだったが、さすがにナツメたちレベルのマスター三人の相手は苦しい。その額には汗が光っていた。

それを横目で見ながら、グレゴリオは冷静な顔で呟く。

「わかっている。やれやれ……やつら、思った以上に準備してきてやがった。こいつは、俺たちの方に驕りがあったな。次回からの反省点としよう。だが……」

そうして、にやりと微笑むと、アキトたちに聞こえないほどの小声で呟いた。

「準備していて良かったぜ。間抜けども……それで勝ったつもりか？」

「おおおおっ！」

エイブラハムが、両手に持った錘を叩き付けるように振るう。一つを躱し、残る一つをアグニムがその破壊の腕で迎撃し粉々に打ち砕いたが、エイブラハムは怯むことなくもう片方の錘をアグニムに投げつけ、アグニムの動きに隙が出来た間に次はラックから槍を取り出し再び攻撃を仕掛けてくる。

怒濤の勢いで繰り出される連続攻撃に、たまらずアグニムが飛び退った。相手の武器を容易く破壊できることがアグニムのスキルの大きな利点なのだが、エイブラハムは武器をいくらでも補充できるため効果が薄い。すでにアグニムはエイブラハムの武器をいくつもたたき割っていたが、次から次へと新しい武器が出てきてきりが無い。

また、ナツメもそれぞれ特徴の異なる武器を手慣れた様子で操り、戸惑うところがない。すでに出てくる武器の種類は把握しており、すべて使いこなせるよう練習済みだ。その操作にはよどみがない。

いっぽう、剣を一つ持つだけのロメオのほうは相当に用心しながら斬りかかってくるため思うように破壊できない。アグニムの利点を知り、すでにそれを想定した練習を積んできているのだ。そして、押されて下がったせいで少し体勢の崩れたアグニム目がけて、待ってましたとばかりに再びアニスの水晶玉が飛びかかり肩に一撃を食らわせる。

かなり形になった連携だ。エイブラハムが攻め、ロメオが合わせ、アニスが隙を撃つ。

この一週間で、アキトら三人が鍛え上げてきた連携が、この局面で見事に機能していた。

「ぬうっ……」

あちこちに打撃や斬撃を受け、傷つき追い立てられたアグニムの背中が、建物の壁に当たる。それは、ひときわ大きな、公民館のような建物だった。

『アグニム！　一旦、そこの中に入れ！』

キムが、指示と共にアグニムを操作する。

アグニムの振り上げた右手がその壁に触れ、次の瞬間には壁が轟音と共に吹き飛んだ。

そうして開いた穴から、アグニムは内部に身を躍らせる。

「ちいっ、俺たちに〝逃げられると思うな〟とか散々言ってやがったくせに、自分は随分と逃げ回るじゃねえか！　待ちやがれぃ！」

エイブラハムが、吠えながらその後を追う。少し遅れてロメオとアニスがそれに続くと、体育館のように広い部屋ですでにエイブラハムとアグニムの巨体二つが激しくぶつかり合っていた。

「おらよぉ！」

「ぬうっ！」

エイブラハムが叩き付けるように振るった武器をアグニムがその腕で粉砕する。

だがエイブラハムはすぐに次の武器を取り出し、攻撃の手を緩めない。

「おらおらおらっ！　こっちゃあ、まだ二枚倒さなきゃなんねーんだ！　そろそろくたばっちまいなぁ！」

ナツメの操作するエイブラハムの攻めは苛烈で、一枚であってもアグニムを大いに苦しめていた。止まることのない連携で、相手に自慢の拳を振るわせる隙も与えずに一方的にしかけつづける。

「………」

それをどうにかしのぎながら、だがアグニムはじっとロメオらを睨めつけていた。

相当に危険な状況だというのに、アグニムはどこか妙に落ち着いている。

ロメオを通しそれを見て、アキトの中に引っかかるものがあった。

（……なんだ？　何か、妙だ……）

アグニムのその動きは、まるで何かを待っているようだ。まさか、死霊術士たちがロメオらのぶつかり合うこの建物に向かっているのか？

そして……よく見ると、アグニムの目線は、ロメオらのほうではなく、そこから少しズレたところに向けられているような……。

（…………っ）

……それは、ほとんど偶然とも言えた。なんとなく不審なものを感じたアキトは、ロメオの視線をほんの少しだけ横に向けさせたのだ。

それは、攻撃に集中するエイブラハムの背後。

そこに、〝それ〟はあった。

ほぼ透明の、だが確かにそこにあるなにか。ぼんやりとしたそれに、視点が合う。

それは……人の顔のようなものが張り付いた、球状のなにかだった。

（……なに……っ）

〝それ〟は、エイブラハムの背中に到達しようとしていた。そして、にわかに〝それ〟が光を放つ。

あれは……！

「……おい、おまえっ！　避けろおッ！」

それは、アキトの操作であったか、それともロメオの意思であったか。ロメオが、飛び出した。

仲間を救うために。

ロメオのその手が、エイブラハムを押しのけた、その瞬間。

爆発が、起こった。

「……うおおおおっ！」

誰かの絶叫が上がり、だがそれを爆音がかき消し、圧倒的な爆発がロメオたちのいた室内を無茶苦茶に吹き飛ばした。

強烈なその威力に、カードたちの視界が一瞬で失われる。

「なっ……」

ドン、と重い爆発音が遠くに居る自分自身の耳にも直接飛び込んできて、メリッサが声を上げる。カードたちとの距離は相当にあるはずだ。だというのに、この爆音は……！

「……そん、な……。なに、今のはっ……！」

そのような兆候は何もなかったはずだ。なにか、密かに忍び寄っていたなにかが爆発を起こし、建物の内部を、そしてロメオたちを吹き飛ばしたとでもいうのか。

アニスは、僅かに後方に居たので無事だった。だが建物の内部は、巻き上がった爆煙で視界が悪くまだ状況が掴めない。他の二枚はどうなった……？

まさか、と思いアキトたちの手元を確認する。

ロメオたちのカードは、まだ割れてはいなかった、だが。

「ロメオッ……！」

アキトが悲痛な声を上げる。ナツメも、思わず声もない。

ナツメがエイブラハムを通して見る景色は、荒れ果てた室内と、そして、エイブラハムを庇って爆発を食らった、ズタボロのロメオの姿があった。

「……おいっ！　兄弟……生きてるか、しっかりしろ！　おい！」

エイブラハムがロメオの体を揺する。すると、血まみれのロメオは薄く目を開いてにやりと笑った。

「……だい、じょうぶか……？　守れた、か……。あぶな、かったぞ……おまえ……」

「……馬鹿野郎！　自分の心配をしやがれ！　俺を庇って、こんな大怪我しやがって……！　無茶しすぎだぜ！」

言いながら、肩を貸してロメオを立たせる。休ませてやりたかったが、そうもいかない。

なぜなら、自分たちは戦うための存在であり、そして今なお目の前には敵が存在しているからだ。

休むことは許されない。勝利するか、その命が尽きるまで。

ロメオの自慢である鎧は酷く傷つき、あちこちが吹き飛び、盾は大きく欠けていた。剣は爆煙でくすみ、全身のあちこちから血が流れ続けている。

だが、そのような有様でもロメオはすぐに自分の足で立ってみせた。

「ナイトは……自分が傷つくことを、恐れない。なぜなら、ナイトは人の痛みを代わりに受け止めることが役目だからだ……」

もう一度、剣と盾を構え、雄々しく言葉を紡ぐ。ロメオは、自分がナイトであることに誇りを持っていた。そして、その有り様にも。

たとえ、もう一度同じ場面が来たとしてもロメオは同じことをするだろう。

それが己の役割だ。だが。

「……立派なヤツだ。敵ながら尊敬する……。だが……そろそろ、割れてもらおうか！」

いまだ煙のくすぶる室内を、アグニムが爆発で荒れた床をさらに踏み荒らしながら圧倒的な勢いで突撃してくる。

咄嗟に迎撃態勢を取るが、傷ついたロメオとエイブラハムには、その破壊の両腕から必死に逃げることしかできない。豪腕が唸り、大気が軋み、ロメオたちの体の側を掠めていく。まともに食らえば終わりだ。

なんとか切り返したいが、迂闊に手を出すことは出来ない。

なにしろ、先ほどの爆発の正体が掴めない。いきなりなにかが空中を這い寄ってきて、亡獣と同等かそれ以上の爆発を起こしたのだ。

またいつそれが来るか。周囲を警戒しながら戦うとなると、攻めることは非常に困難だ。

つまり。形勢は、完全に逆転した。

「……やられた……！」

ナツメが、らしくなく顔をしかめ呟く。相手は、亡獣を爆破するコンボ以外にも手を隠し持っていたのだ。

それを、このタイミングで仕掛けてきた。アグニムは、建物の中に逃げたのではない。

そこに、ロメオたちを誘い込んだのだ。

「くっ……はははははっ！　なんだぁ、その面ぁ！　笑わせやがるぜ、おぼっちゃん！

残念だったなぁ、自信満々のコンボ破りが無駄に終わってよぉ！」

グレゴリオが笑う。キムたち仲間の二人も勝利を確信し、にやついてこちらを見ている。

上を行ったと思った。だが、相手はさらにその上を行っていたのだ。

グレゴリオたちは密かに連携を取り、まんまとアキトたちを罠に誘い込んだのである。

「ナツメ、今のはなに……!?　いきなり空気が爆発したようにしか……。なにをされたの!?」

メリッサが、敵に聞こえないようにしながらも切羽詰まった声を上げる。

相手の攻撃手段を知らねば、防ぎようがない。

「……考えられるのは……死霊術士か、ゴブリンのアナザー。威力はおそらく亡獣と同等……。なら、おそらく死霊術士のアナザーを爆弾化した、といったあたりかもしれない。……アキト。君は今、敵の攻撃に反応したね。どうして爆発するとわかったんだ？」

「……偶然だよ。嫌な予感がして、少しだけ意識を横に向けたら……なにか、ほとんど透明のなにかがエイブラハムに向かっているのが見えた。顔のついた玉のようななにか……それで、ロメオがヤバいと思ってエイブラハムを押しのけたんだ」

結果として、それで二人は爆発の中心から距離を取れた。それゆえ、メインスキルなしでもロメオは割れずにすんだのだ。

相手の爆発位置が元から完璧でなかったことも大きい。

「へっ、奴らビビってやがるぜ。まあそりゃあそうだろうな。すぐ側でいきなり不可視の爆弾が炸裂したんだ。ビビらねえほうがどうかしてる」

ここぞと話し合うアキトたちを、優越感の浮かぶ表情で眺めながら、キムが言う。そう、これこそがチーム・エクスプロードの仕込んだ奥の手であった。

だが、それでもグレゴリオは不満の言葉を吐いた。

「ふん……だが、やはり慣れねえ環境だと爆破の距離がズレちまったな。ベストは今ので仕留めることだった。俺としたことが、ヘマして敵に情報をくれちまったぜ」

「しょうがないよ、元からあれは操作が難しいし、場所がこんな街中だしさ。それでも一発でやってみせたグレゴリオは凄いよ」

　そんなグレゴリオにぴたりと体を押し当てると、恍惚とした表情でシャミーが言う。その頭を撫でてやりながら、残った手で服の汚れを払いつつグレゴリオが宣言した。

「だが、次はこうはいかねえ。距離感は掴めた。相手の盾役は、スキルを使おうがなにしようがもう一発は耐えられまい。次は至近距離で食らわせて、それで終わりだ」

　そうだ、確かに情報こそ与えてしまったが、いくらなんでも今の攻撃の正体を一発で見切れはしまい。同じ攻撃を繰り返すことは、カードバトルではあまり褒められたことではないが、この状況ならば別だ。

　圧倒的優位。ならば……ただ、すりつぶすのみ。

　一方、アキトたちのほうは相手の手の内を分析しようと必死だ。

「情報を整理しよう。まず、〝敵はおそらくほぼ透明な何かを飛ばしてきている〟、そして、〝それは近づくと爆発する〟〝その威力は亡獣と同等〟。……ここまではいい？」

　エイブラハムを操作し、アグニムの猛攻を凌ぎながらナツメが言う。その額には、汗が光っていた。

　アキトとメリッサが頷き、ナツメが続ける。

「よし、ならば次は疑問点だ。〝敵は同時にいくつそれを出せるのか？〟これはおそらく答えが見えている。いくつも出せるのならば、すでに連続して放ち、勝負を決めているだろう。おそらく一度に一個、過信はできないが多分そのはずだ。……なら。今頃、二発目がこちらに向かっているはずだ」

二発目。そう、二発目だ。あれが、もう一度来る……！

ざわり、とアキトの背筋を冷たいものが走った。

「そして、他の疑問点。〝敵はどうやってそれをこちらに当てたのか〟〝攻撃の種類は亡獣と同じようなトークンかそれとも違う何かか〟〝トークンならば、その索敵方法は亡獣と同じ熱源探知かそれとも違うものか〟そして……〝どこからそれは発射されたのか〟」

そう、それだ。相手の手札のうち、ゴブリンと死霊術士はいまだ姿を隠したままだ。おそらくどこかに身を潜ませて、今の攻撃を仕掛けたのだろう。

疑問は多いが、そのうちいくつかはアキトに考えがあった。

「おそらく、熱源探知ではないよ。ロメオたちの周囲には、まだ豚たちが走り回っている」

そのとおり、周囲では豚の鳴き声が上がり、それを追いかける亡獣の破壊音も響いてきている。熱源探知ならば、ロメオたちのすぐ側(そば)に死霊術士たちがいてそこから発射されない限り、先にそちらに行くはずだ。それに。

「……それに、今の一撃は熱源探知にしては的が外れすぎていた。起爆距離ギリギリをふらふらしていたせいで、直撃を受けずに済んだんだ。自動で動くのならば、もっと正確にまっすぐ近づいて爆発していたはず……。おそらく、今のは相手が直接操作していたはずだ。それも、そいつ自体は視覚を持ってない」

アキトの言葉に、ナツメが頷く。それはナツメも考えていたことだった。

「そうだね。その透明な何かから敵が視覚を得られているのなら、もっと正確に操っていたはずだ。おそらく、それ自体は視覚を持ってない。だからスマートに爆破距離まで持ってこれなかったんだ。となれば、〝どうやってこちらの位置を把握したのか〟だけど……」

「……待って、二人とも！　破砕の大鎧が……！」

その時、三人が必死に答えを探している間も猛攻を仕掛けてきていたアグニムが、突如として飛び退きロメオたちから距離を取った。

離れた位置で、両腕をクロスして構え、その隙間からじっとロメオらを見ている。

これは……！

「……次の爆弾が来ている！　メリッサ！」

ナツメが切羽詰まった声を上げる。距離を取ったのは、間違いなく自分が爆発に巻き込まれないためだ。どこだ。どこから来ている。位置を掴めないと、防ぎようがない！

それに呼応して、メリッサが己の手札に命令を出した。

「わかっています……アニス！」

「はいなっ！　傷ついた二人のために、ボクが頑張らないとっ。行って、ボクの玉たち！」

アニスが命じ、手元に四つだけ残った玉が宙を舞い、広い部屋の中でロメオら三枚を覆うように三角錐の陣形を取った。

そしてそれを確認すると、メリッサがスキルカードを使用する。

「【黄金郷の占星術師アニス】メインスキル……〈煌めく守護の黄金錐〉！」

それと共に、アニスの水晶玉たちが輝きを放ち、それぞれを光の線が繋ぐ。

それはピラミッドのような形を作り、アニスたちの周囲を囲った。

これこそが、【黄金郷の占星術師アニス】のメインスキル、〈煌めく守護の黄金錐〉だ。

【黄金郷の占星術師アニス】メインスキル：〈煌めく守護の黄金錐〉
このスキルは、手元に水晶玉が四つ以上残っていない限り使用できない。使用後、周囲に障壁を張り、遠距離攻撃に対して内部にいる味方のＤＰを１０００上昇させる。

「……なんだぁ？　やつら、あんなもんで防御したつもりか？　たいしたスキルにも見えねえぜ！」

キムが侮りの声を上げる。まさか、あれで爆発を防ぐつもりか？

だが、今まさに攻撃を仕掛けようとしていたグレゴリオは、思わず声を上げてしまった。

「しまった……！」

その様子を見ながら、アニスの感覚と深く同調しているメリッサが神経を研ぎ澄ます。

アニスは瞳を閉じ、その感覚だけに集中する。

必ず、できるはずだ。ここで自分がアキトたちに情報をもたらさなくてはいけない。

お願い、アニス……！

その時。アニスの感覚に、何かが触れた。

「……いた！　ロメオの、右斜め後方……！」

「っ……！」

メリッサの声とともに、アキトがロメオをそちらに振り返らせる。水晶玉で形作られた三角錐。その境界線を、今、確かにそれが侵入してくるところだった。

先ほど見たものと同じ姿。球状の姿に、張り付く苦悶の表情。目を凝らさねば到底視認できぬそれは、僅かにうごめきながら低速でこちらに向かってきていた。

それこそが、【暗澹たる死霊術士】のアナザースキル〈彷徨う悪意の亡霊〉であった。

【暗澹たる死霊術士】アナザースキル：〈彷徨う悪意の亡霊〉
スキル使用後一定時間、自由に操作できる、視認しにくい悪霊弾トークンを一度に一つずつ発射できるようになる。このトークンはなにかに触れた場合、本体のＡＰと同じダメー

ジを与え自身は破壊される。
この悪霊弾は低速で移動し、それ自体は視界を持たない。

その透明なものは、だが三角錐の中でその姿を浮き彫りにし、今や明確にその姿を晒していた。アニスのスキルは、ただ外部からの遠距離攻撃に対する防御力を上げるだけではない。その内部への侵入者を感知する能力もついていたのだ。

「ロメオさん！」

「おおおおおお!!」

アニスが叫び、ロメオがそれに呼応して駆け出す。あれの対処は、己の仕事だ。全身に走る痛みも、ボロボロになった装備も関係ない。

ただ、守る。ただそれだけのためにロメオは駆けた。

「………」

一方、ナツメはエイブラハムの意識をそちらには向けず、じっと目の前の相手、アグニムを凝視していた。敵がこちらを正確に狙ってくるカラクリ、それがそこにあると踏んだからだ。

後ろを振り返る必要はない。仲間が、アキトが守ってくれると信じている。

そして、距離を取りエイブラハムたちを見つめるアグニムの、その視線の動きを見てそれは確信に変わった。

「……やはり、そういうことか」

その間にも、悪霊弾は移動し、ロメオがその前に立ち塞がる。グレゴリオがにやりと微笑んだ。場所こそ見つかりはしたが、距離は十分。ならば。

「見破られようが、同じことだ！　瀕死のそいつで、どうにかなるとでも思ってんのか!?　吹き飛びやがれ、カスカード！　……起爆だ！」

「……ロメオ、メインスキル！」

グレゴリオとアキトが同時に叫んだ。悪霊弾とロメオの盾、双方が強烈な輝きを放ち、そして……。

悪霊弾が爆破位置に到達し、再びの爆発が起こった。

「きゃああっ……！」

アニスが悲鳴を上げる。二発目の爆発は、強烈な轟音と共にアニスの黄金錐を内側から吹き飛ばし、すでにボロボロになっていた室内をさらに荒らした。破片が飛び散り、あちこちに突き刺さる。

爆煙で、室内の視界は完全に遮られた。

「くっ……ははは……やった！　良い距離だ……終わったぜ！」

勝利を確信したグレゴリオが吠える。今度は、良いタイミングだった。

あれならば、スキルを使えていようが使えていまいが、あのナイト気取りの愚かなカードはひとたまりもあるまい。

一枚減れば、勝負は決まったようなもの。……勝ったのだ。２０００万を、もぎ取った。

「へっ……おい、もう降参しちまえよ。勝負は見えただろ？　おまえらも、無駄に被害を増やすことは……」

余裕ぶった態度でアキトたちに声をかけるグレゴリオ。

だが、そこであることに気づく。

……アキトの手の中のカードは、割れていない……！

相手をにらみ返しながら、アキトがにやりと口元を歪ませて答えた。

「……何を勝ち誇っている？　俺のカードは……ナイトは……」

「……そう、ナイトは……」

室内の煙が晴れる。アグニムの視界に、その光景が映る。

爆発のその中心近くにいたはずのロメオ。吹き飛んでいたはずのナイトは……自慢の盾を構え、悠然とそこに立っていた。

「……ナイトは。この程度の、邪悪な手段では……砕けない！」

「……馬鹿な……」

思わずグレゴリオの口から声が漏れる。耐えられるわけがない。耐えられたわけがないのだ。

だというのに、そのカードは、確かにその場に立ち塞がっていた。

「馬鹿な！　いくらDPが二倍になるからって、こんなに耐えられるわけがねえ……！」

グレゴリオが、アキトを睨みつける。

「てめえ……なにをしやがった……！」

悪霊弾の爆発の威力は、ゴブリンのスキル効果を足して８７００。対するロメオのDPはスキル使用中ならば８０００。黄金錐のDP上昇効果は内部での爆発には影響しない。故に、すでにズタボロの状態のロメオがそれを受け止めて耐えられるわけがないのだ。

だというのに……！

「……相手の手の内が、わかったよ。やはり、敵の攻撃はカラクリがある……。あれは、おそらく。マジック、〈視界の共有〉を使ってるんだ」

相手の動揺はお構いなしに、ナツメがアキトたちの顔を見ながら言う。

マジック、〈視界の共有〉。味方の操るバトルカード一枚を指定し、その視界だけを共有できる効果を持つマジックだ。

すなわち、死霊術士たちが姿を消した際に、グレゴリオは死霊術士のアナザースキルと共にアグニムにその〈視界の共有〉を使用し、グレゴリオ自身もアグニムの視界を得られるようにしていたのだ。

そして、その視界を頼りに悪霊弾を操作していたのである。

だから、乱戦になってアグニムの視線が激しく動いていた一発目の悪霊弾は精度が低く、
二発目は精度を上げるために大げさに距離を取ってみせたのである。

そう、全ては爆破を確実に行うため、視界を大きく取るために。

「……やつら、仕組みに気づきやがったか……！」

その様子を見て、それを察したグレゴリオがぎりっと歯を鳴らした。

本来ならば、とうに勝っているはずの勝負だった。

だというのに、奴（やつ）らは次から次へと対策を組みこちらの仕掛けを突破してくる。……雑魚（ざこ）どもの分際で！

（だが、それでも依然としてこちらの優位は変わらねぇ！　もう一度、悪霊弾で……！）

しかし、その希望はすぐに打ち砕かれた。

「敵の連携の仕組みさえ理解できれば、対処はできる。エイブラハム……敵の視界を奪え」

「おうよ！」

命じられるままにエイブラハムが飛び上がり、広い部屋の天井部分を手に持った武器で打ち砕いた。

すでに爆破でボロボロになっていたそれはたったの一撃で崩れ落ち、降り注いで室内に盛大に埃（ほこり）を巻き上げる。瓦礫（がれき）が、アグニムとロメオたちを隔てた。

「むっ……」

　アグニムが焦った声を上げる。これでは視界が遮られ、悪霊弾を誘導できない。

　そうして時間が出来ると、メリッサが二人に声をかけた。

「確かに敵の手の内はわかりました。ですが、破砕の大鎧に時間を稼がれてはやはり勝利は怪しい……。ナツメ。敵の残り二枚は……」

「ああ。間違いなく、近くにいるよ。それも、エイブラハムたちがいる建物を監視できる位置にね」

　そう、建物内部で戦うロメオたちのところに悪霊弾を放り込むには、室内に入りアグニムの視界に入るまでの距離を操作できる視界が必要なはずだ。

　そして、一発目から二発目が到来するまでの時間とあの悪霊弾の速度を加味すると、残りの敵カード二枚はすぐ近くに潜伏していると見ていい。

　それも、この建物を一望できる、おそらく高い位置に。

「……わかりました。それでは、ロメオとエイブラハムはそちらに向かわせてください。あの、破砕の大鎧は……私のアニスが防ぎます」

「えっ……」

　メリッサの言葉に、アキトが驚きの声を上げる。アグニムとアニスでは、能力の差は歴然だ。使い手同士の実力に相当の差がなければ、勝つことは不可能。しかし相手のカードを操作するキムは相当の腕だ。

それゆえ元々は、三枚でとにかくこの一枚を仕留めることがアキトたちの作戦であったのだ。メリッサの腕を信じていないわけではないが……。

「大丈夫。勝つためには、おそらくこうするしかありません。それに、手はまだあります。このままここに集まっていては、勝てるものも勝てない。だから……どうか、早く決断を」

メリッサが、瞳に強い輝きを宿しながら言う。普通は、このように自分の手札を危険に晒すことをメリッサはよしとしないマスターだ。

それが、このように言うのだ。……勝ちたいのだ、メリッサも。この勝負に。

おそらく、三人で挑む、最後の勝負に。

「……わかった。頼んだよ、メリッサ」

「……必ず勝とう。俺たち、三人で」

ナツメとアキトが頷き、口々に言う。メリッサはどこか寂しそうに微笑んで、頷きを返した。

そして、マスターたちの命ずるままにカードたちが動き出す。

「わりい、嬢ちゃん、危険なところを任しちまってよ！　……勝ってくるぜ」

「無理はするな。ナイトがすぐに助けに戻る」

「はいっ……お二人とも、お気を付けて！」

エイブラハムとロメオが口々に言い、アニスが嬉しそうに微笑んだ。
ひどく短い期間のチームだったが、アニスはこの二枚のことがすっかり好きになってい
た。
できれば、もっと一緒に戦っていたかったほどに。
「……ボクの球を、一つ持っていってください。死霊術士には、砕かれたボクの玉の破片
がふりかかっています。ボクの球は、互いに引き合う属性を持つ……。近づけば、これが
敵の位置を知らせてくれるはずです」
そう、あの不意打ちの一撃はただの奇襲ではなかった。後々、死霊術士の位置をサーチ
し攻撃を仕掛けるための布石だったのだ。引き合う距離は限られるが、おおよその位置が
割れている相手を探すとなれば十分な効果が期待できる。
「わかった。後で会おう、アニス！」
アニスが差し出した水晶玉を盾の内側に抱え、ロメオが駆け出す。アニスに小さく手を
振った後それにエイブラハムが続き、アニスはそれを笑顔で見送る。
そしてその瞬間、轟音が響き、瓦礫が吹き飛んでアグニムが姿を見せた。
巨体を揺るがし、強者としての貫禄を示しながらアグニムが歩み寄ってくる。
「……仲間を行かせたか。まさか、おまえ一枚で俺の相手をするつもりか？」
「……はい。それが、チームの勝てる見込みが一番高いと思ったので」

その巨体の前に毅然と立ち塞がり、アニスが言う。二つの水晶玉が、庇うようにその前を漂っている。

「チームの勝利のために、自分を犠牲にする覚悟を決めたか。良きカードだな、おまえは。……次に排出されるときは、俺の仲間として来い」

アグニムが、歩みを進める。やがて、それは勢いを増し突進に変わり、圧倒的な巨体の鎧がすべてをなぎ倒す暴風のように襲い来た。

「先ほどまでは、小煩い指示のために随分と動きを制限されたが、もう何の憂いもない。ただ、我が破壊の力を解放するのみ！」

「まだ、勝ったつもりになるのは早いですよ！　一つ、予言しましょう……この戦いの最後に貴方を待つのは、破滅だと！」

言葉と共に、アニスがひらりと身を翻し一斉に水晶玉を放つ。

連携を取るために動きが制限されていたのはアニスも同じこと。踊り子のように華麗に宙を舞いながら、その変幻自在の攻撃がアグニムに襲いかかった。

「……どこだ、すぐ近くのはずだが……！」

その頃、アニスと分かれたロメオたちは建物を出て周囲を見回していた。

急がなければいけない。またあの悪霊弾を放たれたら、流石に苦しい。

相手はこの付近を見張っている。先に攻撃されるわけには……。

その時、ロメオの手の中の水晶玉が輝きを放った。その光がまっすぐに一点を指し示す。

それは、この建物から少し離れた位置にある教会の鐘楼だった。

「……見ろ！　あの陰……やつらだ、間違いねえ！」

鐘が備え付けられた部分、その陰でなにかが身を隠すところがかすかに見えた。

一瞬だったが、あのローブ姿は確かにあの死霊術士だ。

（ちっ、もう見つかったか……！　早すぎる、やつらなにか索敵する手段を持ってやがったな……！　だがっ……）

そのことに気づいたグレゴリオが、内心舌打ちしながら死霊術士を操る。すでに悪霊弾は放っている、奴らが気づかなければ終わりにできる！

だが、それより速く、ウェポンラックから大斧を取り出したエイブラハムが、渾身の力を込めてそれを放り投げた。

「おおおおらっ！」

「なっ……」

それは大気を切り裂いてまっすぐに飛び、そのまま鐘楼に向かってくる。

素のAP４８００から、さらにスキル効果で５００上昇しているエイブラハムの行う投擲だ。ランクRのカードの中で最低レベルのDPしかもたない死霊術士とゴブリンの爆弾製造者がまともに食らえばひとたまりもない。

咄嗟に二枚は鐘楼から飛び降り、それを避ける。次の瞬間には斧が鐘楼に直撃し、それを粉々に吹き飛ばした。

「くそっ！」

グレゴリオが舌打ちし、着地した死霊術士たちを走らせる。

そのせいで、ロメオたちを襲うはずだった悪霊弾は、死霊術士の視界から外れて操作不能に陥りふらふらと飛んで、近くの家の壁に激突しそれを粉々に粉砕して消え去った。

「待ちやがれ！　そろそろ決着と行こうぜ！」

その後を、エイブラハムと満身創痍のロメオが追う。本来ならば、アグニムを一気に片付けて三枚で追う予定のところであった。だが、もうそんな余裕はない。

自分たちには、もう後がない。ここで決着をつけなければ！

ロメオの手の中で、水晶玉が輝きを放ち常に相手の位置を知らせてくれる。

距離はどんどん縮まっている。走るのは、こちらの方が速い。決着の時は、近い。

「くそっ、ちくしょう、どうなってやがる！　どうして俺の位置を正確に掴んで追ってきやがるんだ……!?」

死霊術士とゴブリンが息を切らせながら走る。その体のあちこちで水晶玉の破片がキラキラと輝いていることにも気づかない。

そうしているうちに、どんどん距離は詰まっていく。死霊術士もゴブリンも特殊なタイプのカードであるため、フィジカル面はあまり優れていないのだ。

逃げ切れない。間違いなく。

『……もういい、死霊術士！　このままじゃ追いつかれるだけだ……しょうがねえ、ここで決着をつけるぞ！』

グレゴリオが決断し、死霊術士を広い道路の真ん中で停止させた。

ゴブリンもそれに倣い、いつでも爆弾化能力を使えるように構えてそれを待つ。

やがて、エイブラハムたちが姿を見せた。

「やっと観念しやがったか。バトルカードらしく、まともに戦う気になりやがったんだな！」

エイブラハムが吠え、それを死霊術士が邪悪な笑みで迎えた。

「きひっ……どうも、そういうことらしい……。馬鹿らしいぜ、正面切って殴り合うとかよぉ……。てめえら脳筋同士でやってりゃいいのによ、こんな馬鹿なこと……！」

言いつつ、死霊術士が手にした骸骨の錫杖を構える。

格闘は不得手だが、なにしろAPは飛び抜けている。それは、殴れたならばロメオたちを一撃で粉砕するのに十分な威力をもつ。

「グレゴリオ……」

シャミーが不安そうな顔で自分たちのリーダーを仰ぎ見る。

ふん、と鼻を鳴らしてみせると、グレゴリオは言い放った。

「いいだろう、てめえらの頑張りは賞賛してやるぜ。よくもまあ、ここまでもつれ込んだもんだ。……と、なると、だ。後は、わかるよな？」

言葉と共に、死霊術士を操る。その錫杖が振るわれると、ブウンという低い音と共にその眼前に半透明の悪霊弾が沸き出した。

ゴブリンが即座にそれに触れ、爆弾化する。

「……この一撃を凌いで俺らのカードのとこまで来れりゃあ、てめえらの勝ちってわけだ。だが……凌げるか!?　てめえらの、そのズタボロのカードでよ！」

グレゴリオが吠える。この戦いの、最後の攻防が始まろうとしていた。


そしてその頃。メリッサの操作する【黄金郷の占星術師アニス】と、キムが操作する【破砕の大鎧アグニム】の戦いも決着の時を迎えようとしていた。

「やああっ……！」

アニスが、気合いの声と共に水晶玉を同時に二つ放った。

別々に、弧を描いて襲い来るそれを、だがアグニムは素早いフットワークでたやすく潜り抜け、そのままアニス本体との距離を詰める。

そして打撃の届く距離に入ると、爆発するような勢いの右ストレートを放った。

「うあっ……！」

ギリギリのところでアニスはそれを回避したが、その背中にあった瓦礫がアグニムのスキル効果で粉砕され、飛び散ってアニスの身を打つ。体勢が崩れたところに、アグニムの膝蹴りが飛んできた。

「がはっ……！」

その一撃が腹に入り、肺から空気が飛び出す。そのまま少女のように細いアニスの体は吹き飛ばされ、ゴロゴロと荒れ果てた床の上を転がった。

『アニスッ……！』

「ま……まだまだぁっ……」

よたよたと立ち上がったアニスに、だが容赦なくアグニムが襲いかかってくる。

メリッサが、マスターとカード、その互いだけに通じる声で悲鳴のような声を上げる。

どうにかその破壊の両手からの打撃だけは避けたが、連続した動作で放たれた蹴りがその脇腹をえぐり、その体が再び宙を舞う。

「うああっ！」

「どうした。我が破壊の腕にばかり気を取られて、他の攻撃が避けられていないではないか。それほど破壊されるのが怖いか！」

どうにか着地したところに再び豪腕が襲い来る。

それを跳躍して回避し、慌てて水晶玉を飛ばすが、すべてがあっさりと防がれた。

「はあっ……はあっ……。……っ、強い……！」

息を乱しながら、アニスが呟く。信じられないほどの強さだ。まさか、これほど能力に差があるとは思わなかった。

地面に膝をつきながら、アニスが悲痛な通信を行う。

『……ごめん、マスター。ボク……勝てないかも』

『なにをっ……しっかりしなさい、アニス！』

弱音を吐くアニスをメリッサが叱咤する。だが、同時に自分のふがいなさも感じていた。

キムの操作技術は本物だ。それでも同等のカード、それこそ自分がマスラオを操っていたのならば負けるとは思わないが、今回は二人の支援のためにアニスを選択している。支援タイプのアニスでは、一対一での殴り合いは厳しい。

だが、アニスがいなければここまでもつれ込むことはそもそも無理だったかも知れない。

それでも、チームのために仕方がなかったとはいえ、望まず自分の手札を絶望的な状況に追いやってしまった。

その事実が、メリッサの心を責め立てた。

『……ごめん。でも……それでも、この人だけは倒さないと。そうじゃないと、ボク、信じてここを任せてくれた二人に合わせる顔がないよ。だから……』

ゆらり、とアニスが立ち上がった。あちこち傷だらけで、服もボロボロだ。

だが、その瞳は恐ろしいほどに澄んでいた。

『……お願い。ボクに、あのカードを倒させて……！』

『っ……』

その言葉に、メリッサが息を呑んだ。

その意味を、理解したからだ。

『……いいわ。アニス。あなたと、私で。……あいつを、倒すわよ……！』

『うん！』

メリッサの言葉と共に、アニスが跳ねた。

兎のように瓦礫の中を飛び回り、アグニムの周囲を回り出す。

アグニムは、落ち着いた様子でそれを追いながら、背後を取られないよう少しずつ位置を調整する。

『けっ、悪あがきだぜ。おい、アグニム！　あのクソカード、最後になにかしてくるつもりだ。油断するんじゃねえぞ！』

「わかっている。だが……無駄だ」

アグニムの背中が、崩れきらなかった建物の一部を背にした。これで背後は取られない。

後は……。

「……行きます……っ。はああっ！」

アニスが気合いの言葉を吐き、自分の周囲に残った二つの水晶玉を放った。

まず一つがカーブを描きアグニムの足を狙う。それを、アグニムは膝を上げて防いだ。水晶玉は高い音を立てて弾き返される。それとタイミングを合わせ、もう一つの玉がアグニムの顔面めがけて飛び込んだ。

「ぬんっ！」

だがアグニムは気合いと共にアッパーを突き出し、その玉を難なく迎撃する。その拳が触れた瞬間、玉は一瞬で粉々になり、残骸を飛び散らせた。

光の粒子のように残骸が煌めいて、アグニムの周囲を漂う。

瞬間、その向こうからアニス本体が襲いかかった。

「やあああっーー!!」

それは、鋭い跳び蹴りだった。自分の体を矢のようにして、まっすぐに襲いかかってくる。そこにはもはや保身の動きがない。全身全霊、全力の一撃だ。

そして、その脇には先ほど吹き飛ばした水晶玉が付き従っている。

本体と玉による同時攻撃。だが。

「……くだらん！」

体勢を整えたアグニムが叫び、剛拳を放つ。

その瞬間、アニスの全霊をかけた蹴りと、アグニムの渾身(こんしん)の拳が空中で交差し……。

そして、決着がついた。

「……がはっ……」

アニスが、悶絶(もんぜつ)の声を上げる。

全力の蹴りは、アグニムによってはね除(の)けられ、そしてその拳がアニスの腹部に深々と突き立っていた。

アニスのもう一つの攻撃、同時に放った水晶玉はアグニムの頬(ほお)を掠(かす)めただけで終わり、その背にある木の柱の残骸にめりこんでいる。

……破砕の一撃は、アニスの腹部の半分ほどを吹き飛ばし、その機能を完全に破壊していた。

そして、メリッサの手の中の、アニスのカードが甲高い音と共に粉々に吹き飛んだ。

「……アニス……！」

メリッサが悲痛な声を上げる。かろうじて残っていたアニスの体が、ずり落ちて地面に落下する。

その体は、砕かれた地点から、さらさらと光の粒子に変わり消え始めていた。

「……何か策があるかと思ったが……ただの破れかぶれの一撃か。哀れな……。さらばだ、占星術師。貴様に、女神の袂(たもと)で安息のあらんことを」

それを見下ろし、アグニムが言う。哀れみの言葉を残し、すぐにその場を離れようとする。まだ戦いは終わっていない。気に食わぬ者どもではあるが、すぐに味方の援護に向かわねばならない。

だが。その足を、消えかけているアニスの手が掴んだ。

「……何の真似だ？」

本体であるカードが割れた者には、もう戦う力がない。こんなことをしても、何の意味もありはしない。

それでもアグニムが問うと、アニスはにっと微笑んで見せた。

「……まだ、行くのは、早いですよ……。種明かしが、必要、でしょ……？　お、おかしい、と思わない……。なんで、ボクが最後に使っていた、玉、が……二個、なのか……」

「……」

言われて気づく。そう言えば、このカードは玉をあと四つ温存していたのではなかったか。

それが、二人で戦い始めたときには二つになっていた。だが、それがなんだというのだ？「一つは……仲間に託しました。では……なくなった、もう一つはどこでしょう……？　……答えは……」

その途中で、どん、と破砕音が響いた。

見ると、アグニムたちがいる建物の壁を突き破って亡獣がこちらに向かってきていた。その前には……空を舞うアニスの水晶玉から飛び出した、輝く紐のようなものに引きずられる、一匹の豚。

ブヒブヒと悲鳴を上げ、水晶玉に引かれるまま必死の形相でこちらに向かってくる。

そう、アニスは事前に削り取っておいた水晶玉の粉を豚たちに振りかけ、アナザースキルの効果でいつでもその位置を追えるようにし、そしてこの場面で逃げていた豚の一匹を捕まえて走らせ、それを追う亡獣をこちらに誘導してきていたのだ。

【黄金郷の占星術師アニス】アナザースキル：『導きの水晶』
使用後一定時間、このカードの水晶玉同士が引き合い、それぞれの正確な位置を探ることが出来るようになる。引き合う対象の水晶玉は損傷していても効果を発揮する。

割れる前に命じた行動だけは、そのバトルカードが完全に消え去るまで続く。

水晶玉は律儀にそれを守り、キラキラと粒子に変じて消え去ろうとしながら、主の最後の命令を健気に果たそうとしていた。

「……馬鹿な。まさか、豚ごと俺にぶつけてくるつもりか？　くだらん」

言いつつ、アグニムが地面に転がっていた拳ほどのサイズの瓦礫を蹴りつけた。それは勢いよく飛び、豚を引きずる水晶玉を直撃する。

すでに消えかかっていた水晶玉はそれであっさりと砕かれ、そこから伸びていた輝く紐が消えて解放された豚は、慌ててあらぬ方向に走っていった。

「これで、亡獣はこちらには来ない。そして、俺の体はマジックで熱が関知されないようになっている。近づこうとも、亡獣が爆発するわけがない。悪あがきにしてもつまらぬわ」

カードが割れたアニスも同様だ。その体はすでに何の対象にもならない。

愚かな。そう思ったが、だが、そこでアグニムはふとそれに気づいた。

異音。異音だ。何かが擦れる音。それは、背後から聞こえる。

そう。玉だ。水晶玉。その一つは、自分に回避され背後の木の柱に突き立った。

木の柱。木から削り出して作られた、可燃性の柱。そこにめりこんだ最後の水晶玉は、本体が割られたことでキラキラと輝く粒子に変じ、消え去ろうとしながらも最後の命令を遂行し続けていた。

それは、まだひたすらにギュルギュルと高速回転を続けている。そう……柱に、火を付けるために。

アグニムの体を、ぞわりと何かが駆け上がった。

「……いかんっ……マスタアアアア！　俺を、この場から離れさせろおおお！」

『何……？　アグニム、何を言って……』

切羽詰まった声のアグニムと違って、その場にいないキムは判断が一瞬遅れた。

それが、命取りになった。

柱から大きな炎が上がった。

「オオオオオッ……！」

豚から、狙いをその炎に変えた亡獣がまっすぐに突き進んできて、燃えさかる柱に激突する。

瓦礫が砕け散り、そして……その体が閃光を放った。

「……ごめんね、お兄さん……。ズル、だったかも。でも……ボクの、占い……当たった、でしょ……」

「……馬鹿なあああああ！」

アニスの体が、完全に崩れ消え去る。亡獣による猛烈な爆発が巻き起こり、アグニムも、アニスがいたその僅かな痕跡さえをも吹き飛ばした。

轟音が、上がる。

「なにいいいっ！」

キムが絶叫を上げる。その手の中で、アグニムのカードが甲高い音と共にはじけ飛んだ。

「……てめえらっ……！」

キムが、殺意の籠もった視線と共に呟く。味方の攻撃を誘導され、爆破されるという屈辱的な手で【破砕の大鎧アグニム】は破壊された。

すべては、このいざというときのために考えていたアキトたちの策だったのだ。

「てめえら……このために、あえて亡獣をあんな遠回しな手で攻略してやがったのか……！　狙いやがったな……！」

ギリ、とキムが歯ぎしりをしながら言う。

そう、アキトたちは亡獣の存在を知っていたのだから、それを無効化することはいつでもできたのだ。相手と同じく、マジック〈密林の泥〉を使用すればそれで良かったのである。

だが、あえて豚を使うという遠回しな手を使った。それは、一つはアグニムを誘い出し孤立させるため、そしてもう一つは、亡獣の爆発を逆にこちらが利用できるかもしれないと考えたからだ。アニスのスキルを把握していた、メリッサの考案であった。

結局、それはまんまとハマッた。

「……メリッサ」

アキトが、仲間を思いやるような視線を送った。

ナツメも、表情のない顔で視線を向けている。

だが、メリッサは気丈な顔で、

「……アニスは自分の役目を果たしました。あなたたちも、やってみせなさい……アキト、ナツメ」

とだけ答えた。

本来ならば、使いたくない手ではあった。使うにしても、ロメオらと連携してやりたかった手だ。だが、この状況ではこのように自爆のような使い方をするしかなかった。アグニムを援軍にいかせるわけにはいかない。

……勝つために、最善の手を打ったのだ。アニスも、メリッサも。

（……凄(すご)いな、メリッサは）

あれほど苦しい状況で、やりたくもない手を使って自分の役目をきちんと果たしたのだ。

彼女も、彼女のカードも。

彼女が、普段の物言いよりもずっとずっと己のカードを大事にしていることを知っているアキトは、それでも自分たちに発破をかけてみせるメリッサを素直に凄いと思った。

自分に、できるだろうか。同じ事が。


「っ……」

その頃。ロメオの手の中でも、アニスの水晶玉が崩れ、消え去った。

ロメオは、その理由がわからないほど愚かではない。

仲間であるアニスは、役目を果たしたのだ。

「……先に……いっちまいやがったか。……だが……兄弟、頼むぜ。勝負はまだ終わってねえ。俺を……野郎の側まで、行かせてくれよな……！」

悲しげな表情で、だがはっきりと意思を籠めてエイブラハムが言う。手の中に僅かに残った水晶玉の名残を握りしめながら頷くと、ロメオが一歩踏み出した。

「もちろんだ……道を切り開く、この、ナイトが！」

互いに、残りは二枚。決着まで、もう時間はかからない。

じわり、とロメオが距離を詰める。死霊術士が、いつでも目の前の悪霊弾を発射できるように構える。

距離は、相当に近い。二発目を仕込む時間はあるまい。

ロメオたちが一発で吹き飛ばされるか、それとも吹き飛ばされず距離を詰め相手を仕留めるか。

勝負は、それで決まる。

「……いくよ、ナツメ」

「……いつでも。アキト」

マスター二人が短く言葉を交わし、カードを構える。

一方、グレゴリオたちのほうも必死の表情で相手の動きを見つめていた。

（くそっ、アグニムの援護はなくなったか……。だが、あのクソナイトは死にかけだ……！　もう爆発に耐えられるものか！　今度こそ、まとめて吹き飛ばす……！）

散々爆発を食らったナイトがこれ以上の攻撃に耐えられるとは思えない。

圧倒的な威力の爆発は必ずその防御を突き破るはずだ。そして、そのまま二枚まとめて吹き飛ばしてやる……それで勝利だ。間違いない。

互いの緊張が極限まで高まり、詰められるだけの距離が詰められる。

そして。

「……おおおおお！」

雄叫び（おたけ）びと共に、ロメオが駆けだした。硬い道路を踏みつけ、踏み砕き、全力で駆ける。

そしてその少し後を、ぴたりと張り付くようにしてエイブラハムが追う。

「きひいいいいっ！」

死霊術士が叫び、悪霊弾が発射された。やはり低速だが、この距離ならば関係がない。

（来るっ……）

その動きを、ロメオは完全に捉えていた。こうして発射されるところを見ていれば、目視にも問題はない。

それが近づいてくる。爆発する距離は、もう嫌というほどその身で確認した。

一瞬が引き延ばされ、世界がスローモーションのように速度を落とす。

やがて爆発の境界線を越え、悪霊弾が光を放ち、膨れ上がるところまでがはっきりと見える。爆発する……爆発するっ……。

……今だ！

「ロメオ！　メインスキルっ……〈アキュネイオンの大盾〉！」

本日何回目か、もはや定かでないロメオのメインスキルが放たれた。

瞬間、ロメオの盾が光り輝く。今まで幾度も仲間を守ってきた大盾。だが、そのままでは到底あの猛烈な爆発に耐えられそうにもなかった。

何しろ、ロメオはもはや瀕死状態なのだ。盾も傷つき、ひび割れてしまっている。もう一度を防ぎきれるとは思えない。このままならば、ロメオは耐えきれず消し飛び、信じてピタリと背後に付いてきているエイブラハムも粉々に吹き飛ぶはずだ。

そう……このままならば。

（……ロメオッ……）

――アキトには、ロメオのスキル〈アキュネイオンの大盾〉を使うたびに思っていたことがある。

すなわち、

〝本当に、このスキルの本質は攻撃を集め味方を守ることだけなのか？〟

ということだ。

このスキルをひとたび使用すれば、周囲の攻撃はすべて収束されまっすぐロメオの盾に集まってくる。

そう、〝収束されて〟だ。

それは、言わば力の束だ。本来ならば、爆発のような力は全方位に拡散し飛び散る。だが、このスキルを使用した瞬間、範囲内のすべてはまっすぐな一つの力となって収束し、盾に向かってくる。

そう、まっすぐに、一本の槍のように。

ならば。それを、一つの攻撃として見なすのならば。

——それを、横から力を加えることにより、受け流すことも可能なのではないだろうか。

そう、渾身の力が込められた槍による一撃を、盾で受け流すように。

爆発が拡散するのをやめ、その力がエネルギーに変換され動き出す。それを正面から受ければ、盾に当たった瞬間にその力は爆発に戻り、ロメオの身を粉々に打ち砕くだろう。

（……見極めろ……タイミングを……完璧なる、機を！）

収束した力が、ロメオの盾目がけてまっすぐに突き進んでくる。

光よりも早く、圧倒的な破壊力を持って。人の目では捉えることすら困難なほどの勢いで。

それが触れる、その刹那。

『……今だ！　ロメオ!!』

「おおおおおおおおおおッ！」

アキトが叫び、ロメオが吠え、その瞬間、二人の全てが重なる。

ロメオの盾がわずかに逸らされ、そして、渾身の力を込めてその力の束を横合いから打ち払った。

力と力の激突。そして次の瞬間、景色が閃光で染まり……轟音が響き渡る。

視界が、爆発した。

「……きひっひひひっひっ……やった……吹き飛びやがった！　今度こそ！　ざまあみやがれ……きひひひひひひ！」

勝利を確信した死霊術士が叫ぶ。悪霊弾は予定通り爆発し、その後に敵のナイトのスキルで引き寄せられたが、その後に問題なく再度爆発した。

圧倒的な威力の爆発は、ロメオたちを粉々に吹き飛ばしたはずだ。

ロメオらの姿は爆発が巻き上げた土煙で見えないが、たしかに手応えがあった。相手は直撃を受けた。これで終わりだ。

俺が、勝ったのだ。ざまあみやがれ！

ひび割れた驚喜の声がどこまでも響き渡る。

だが。

「……あっ……？」

やがて煙が晴れ、視界が戻り……。

そして、そこに、再びそいつが立っていた。

「……馬鹿な……」

死霊術士が呆然とした声を上げる。ありえない、ありえない。

だが、たしかにそこには、剣と盾を構え、悠然と立つ姿があった。

それは……。

「……どうして……どうして、どうしてどうしてどうして！　……どうして、吹っ飛んでやがらねえええ！」

――そこに、ナイトが立っていた。

「……やった……！」

アキトが思わず歓喜の声を上げる。まただ……また、成功した！

そう、アキトとロメオは、収束した爆発の力を受け流すことに再び成功したのだ。

まっすぐに突き進み爆発するはずだった力の束は、盾に直撃する直前で横合いから力を加えられ、角度を変え、そのままロメオたちを通り過ぎて後方の地面を叩き、そこで爆発したのである。

先ほどの室内での一撃に続き、また成功したのだ。

『……マスター！　やってみせたんですね、この、土壇場で……あれを！』

『ああ、キャロル……君のおかげだ！』

己のマスターの邪魔にならぬよう、固唾を呑んで試合を見守っていたキャロルがそこで我慢できずに通信をよこした。

その可能性にアキトが気づいたのは、先の〝チーム・バトルロイヤル〟でのことであった。

あの時、多くのカードからの攻撃に晒されたロメオ。その危機に、アキトは咄嗟にその盾を僅かに逸らさせた。本来ならば、盾を少しでも動かせば力はそちらに方向転換してしまい、どうにもならなかったはずだった。

だが、大盾のスキルには本当の本当、命中するそのギリギリの瞬間に力の誘導が切れる瞬間が存在していたのだ。

そして、攻撃は角度のついたロメオの盾を滑るように流され、試合場の壁を叩いた。

もし盾を動かすのがわずかでも早ければ、力の束は誘導され盾の方に向かってしまい、また遅ければ直撃を食らっていただろう。

それこそ、完全なるタイミング、完全なる機で全ての動作を完了させなければできない芸当だ。偶然にもそれを掴んだアキトとロメオは、キャロの支援の元に、それを実践で行える技術へと昇華するべく鍛練を重ねてきていたのである。

——生と死が混じり合う、瞬間よりも短い、ひと刹那。関知できぬほどの僅かな生存領域。それを、アキトとロメオはこの土壇場でものにしてみせたのだ。

カードのスキルとは、書いてあることだけを愚直に守るのではなく、テキストを超えたところにこそ、その本質が存在する……。そのことに、アキトは気づき始めていた。

「ナツメ！」

アキトが、友の名を呼ぶ。

ナツメは、深く頷くと、自分の手にあるカードの力を解放した。

「……たいした奴だよ、君は。後は……僕と、エイブラハムに任せて」

ナツメが、言葉と共に、妙にゆったりとした動作で己のホルダーから一枚のカードを引き抜く。

それは、持ち主の意思に呼応して強い輝きを放ち始めた。

「エイブラハム、アナザースキル……〈ハンドレッド・アーム〉」

「おおおっ！」

瞬間、エイブラハムの背中の装甲が開き、その中から無数のアームが飛び出した。

そしてその奥には、赤く輝くエイブラハムのコアが輝いている。

「ありがとよ、兄弟！　ここまでで十分だ！　野郎は……！」

ロメオに笑顔を送り、エイブラハムが駆け出す。敵は、もう目の前だ。

「俺が、仕留める！　うおおおおッ！」

「ひいっ……」

おびえた死霊術士が、泡を食って逃げ出そうとする。その足下で、ゴブリンが動揺した様子でわたわたと両手をばたつかせる。

ついに殴り合う距離にまで奴らを追い詰めた。まもなく、武器が届く距離にまで到達する。

あと、数歩。

勝負が決まるまで、あと数歩。

……だが。

「……ばぁあああか。誰が、おまえらなんかと本気で勝負するかよぉ！」

その瞬間、死霊術士が表情を一変させ、錫杖を振るう。瞬間、石畳を割って地中から骨の手がいくつも出現し、エイブラハムの足を掴んだ。

「なっ……」

エイブラハムが驚いた声を上げる。

そして、その瞬間。

地面が、爆ぜた。

「……うおおおおおーっ！」

「……エイブラハム!!」

下からの暴力的な爆発に打ち上げられ、エイブラハムの巨体が宙を舞う。

ロメオが悲痛な声を上げ、やがて打ち上げられたエイブラハムの体が地面に落下し重い音を立てた。

……その自慢のボディは爆発の衝撃でひしゃげ、足や手などあちこちが吹き飛んでいた。

「……がはっ……」

それを死霊術士の目を通して見ていたグレゴリオが、もはや堪えきれないといった様子で狂った笑い声を上げた。キムら残りの二人も、釣られて笑い声を上げる。

「くっ……くっくっく……。ひ、ひひひひひひっ……。はあああーっはっはっはっは！」

「あはははははははっ！　かかった、かかったー！　馬鹿だ、本当に悪霊弾だけで勝負するとでも思ったの!?　ばああああか、あんなもの、油断させるためのフェイクだよぉ！」

「くはははははっ……残念だったなあ！　惜しかったなあ！　死霊術士の能力が、スキルだけだとでも思ってたのかぁ!?　あいつは、基本能力として、いくつものスケルトンを使役する能力を持ってんだよぉ！　地中から湧き出させるようになぁ……！　今までの試合じゃ使ってなかったから、知らなかったよなぁ、だと思ったぜぇ！」

シャミーとキムも狂ったように笑いながら続ける。

いたずらが成功して、楽しくてしょうがないといった様子だ。

だが、それには安堵も含まれていた。こちらの手を次から次へと乗り越えてくるアキト達(たち)に、チーム・エクスプロードの三人は知らず知らず恐怖を覚えていたのだ。

だが、それも終わった。今度こそ、勝った。

あらかじめ爆弾化し、地面に地雷のように待機させていたスケルトンの爆破によって、勝負は決まったのだ。

「……そん、な……」

「…………」

アキトとメリッサは、絶句するしかない。

「……エイブラハム！」

ロメオが仲間を助けるために駆け出そうとするが、しかしその足がもつれ、地面に倒れ込んだ。慌てて立ち上がろうとするが、足が言うことを聞かない。

もう、とうに限界だったのだ。

ロメオが立っていたのは、ただ気力によるもの。

今の渾身(こんしん)の大盾による受け流しは、最後の力によるものだったのだ。もう、動き回ることは不可能だろう。ホルダーに戻り休息せねば、割れてしまいかねないほどだ。

「きひひひっ！　ざまあみやがれ、ばぁか！　きひひひひ！」

エイブラハムを見下ろし、哄笑(こうしょう)する死霊術士。ゴブリンも嬉(うれ)しげに舞い踊っている。それを見て、ロメオはぎりっと歯を鳴らすと、倒れた姿勢のまま己の剣を振りかぶった。

「おおおっ！」

「うおっ!?」

そのまま、自身の自慢の剣を投擲する。狙いは、死霊術士。

避けられない、と感じた死霊術士は、自分の足下で踊るゴブリンの頭をがしりと掴むと、それを己の目の前にかざした。

「……ギャアアアアアアアッ！」

えっ、と驚いた顔をしたゴブリンの体を、ロメオの剣が貫く。ゴブリンが絶叫を上げ、ビクン、ビクンと震えた後、その本体のカードが砕け散った。

「……危ねえ。悪あがきしやがって……。きひひ、だがこれで最後の武器もなくしちまったなあ……！」

「ぐっ……」

消えゆくゴブリンの残骸を投げ捨てて死霊術士が笑い、ロメオが悔しげな顔をする。

「あー！　酷い、グレゴリオ！　私のカードを、盾にしたぁ！」

「へっ、まあ良いじゃねえか、ありゃあそろそろ期限だったし、それに今回でこんだけタネ明かししちまったんだ。このコンボはそろそろしまい時さ。それに、もういなくても勝ちには関係ねえ」

シャミーが非難の声を上げたが、それにグレゴリオはへらへら笑いながら返す。

「今度はもっと良いカードを買ってやるさ。それに、そろそろ俺たちもＣＶＣに返り咲く頃合い……。もしかしたら次はランクSRのカードだぜ、喜べよ」

「ほんとに!? ならいいよ、グレゴリオ！ やった、楽しみ！」

シャミーが嬉しそうな顔をして言う。もう破壊されたゴブリンのことなど、どうでもよさげだ。彼らにとって、カードはただの消耗品に過ぎない。

「きひっ、じゃあとどめといくか……」

『おっと、待ちな。自爆するかもしれんぞ、迂闊に距離を詰めるな』

ニヤニヤ笑いながらエイブラハムに歩み寄ろうとした死霊術士を、グレゴリオが止める。

うおっ、と死霊術士が下がった。

「マジかよ、物騒だな……。そんなもんがあるのか？」

『ああ、おめえは知らねぇか。マジックカードには、〈地獄への道連れ〉っていう自爆マジックがあるのさ。だが、その爆破範囲は抱きつくぐらいの至近距離だ。それぐらいなら問題ねえ』

ニヤニヤ笑いのグレゴリオが答える。次いで、ナツメたちに向けて語りかけた。

「残念だったなあ。もうちょいで勝てたのによぉ。へっ、だがこれで終わりだ。結局、てめえらは俺たちより下……わりいな、金はもらうぜ」

「……随分余裕だね。もう、勝ちを確信してるわけ？」

ナツメが、その目をじっと見つめて言う。この期に及んで、妙に冷静だ。

そう感じたグレゴリオは、若干の苛立ちと共に答えた。

「当たり前だろうが。くたばりぞこないのクソナイトは武器を失い、てめぇのカードはガラクタ同然だ。ここからでも立て直せるスキルがあるっつーなら別だが……」

くくっ、とグレゴリオが笑う。

「てめぇのクソカードのスキルは、もう両方ともバレちまってんだろ！　武器を出せるようになるだけのクソなメインスキルに、腕が増えるだけのクソクソなアナザースキル！　クソ、クソ、クソ、クソの特盛りだ！　よくもまぁこんなカスカードで俺たちに挑もうと思ったなぁ！　てめぇがもうちょいましなカード使ってりゃ、おまえらの勝ちもあっただろうに……。てめぇのせいだぜ、カスマスター！」

完全に見下した表情でグレゴリオがナツメを見つめる。

それをなお静かな顔で見つめ返しながら、ナツメは、己のホルダーから流れるような動作で一枚のカードを引き出した。

この瞬間のための、カード。すべての、起点となっていたカードを。

「……それだよ」

「……なに……？」

ぞくり、とグレゴリオの背筋に冷たいものが走った。

　こいつ、一体何を――。

「メインも判明している、アナザーも判明している。相手は、この状況ではもう何もできない。……それだ……。その」

　ナツメが、カードを掲げた。

「〝知っているからこその油断〟。それが、欲しかった。……エイブラハム、アナザースキル第二段階……」

　それが、輝きを放ち始めた。

「……〈自爆〉」

「なっ……」

　ロメオの位置からは、それがはっきりと見えた。露出しているエイブラハムの背部。そこから見える赤いコアが明滅を繰り返し、やがて強烈に輝き出す。

「おいっ……」

　思わず声が出る。エイブラハムが、ロメオのほうを振り向いた。画面のようなその顔は、笑顔を浮かべていた。

「……あばよ……兄弟。楽しかったぜ……。いつか……また、一緒に……」

　瞬間。

　その体が、はじけ飛んだ。

【アンドロイド・ウォリアー部隊０２　エイブラハム】：アナザースキル第二段階〈自爆〉使用後、このカードは、ＡＰの１・５倍の威力を持つ広範囲に及ぶ爆発を起こし、自身も破壊される。

「……ぎゃあああああああああ！」

閃光が街を焼き、死霊術士の絶叫が上がり、だがそれをかき消すように爆音が響き渡った。

巨大な爆発は、周囲の建物を吹き飛ばし、地面を削り、ついで、グレゴリオの手に残っていたチーム・エクスプロード最後の一枚がはじけ飛び……そして、勝負は決まった。

《それまで。カード全滅につき、勝負あり》

今だ爆音が響く中、被害も何も加味しない冷たい声が仮想空間に響き、ついでブザーが鳴った。

場に残っているのは、アキトの手札であるロメオのみ。

勝ったのだ。アキトたちは。……多くの犠牲を払って。

爆破コンボを得意としたチーム・エクスプロードが逆に爆発を利用され、さらに敵の自爆によって敗北したのだ。皮肉と言わざるを得ない。

だが、勝負を決めたナツメの顔に笑顔はない。

ただ、静かに勝敗を受け入れていた。

「……嘘(うそ)だろ……？」

キムが、呆然(ぼうぜん)と呟(つぶや)く。シャミーは青い顔をして、言葉もない。

「……馬鹿な……ありえ、ねえ……。スキルの、第二、段階、だぁ……!?　そんなもん、見たことも聞いたこともねえぞ……！　て、てめぇっ……」

「だろうね」

身をわなわなと震わせて言葉を絞り出したグレゴリオに、ナツメが平然と返す。

「普通は、そうだろう。一つ、アナザースキルという謎が解ければ、そこからさらに先があるとは思わない。それは、至って普通、至って常識的な……」

ナツメの瞳が、強い光を放ちまっすぐに相手を打ち据えた。

「……凡人の考え方だ」

「……ぼん、じん……？　この、俺が……ぼん、じん、だと……!?」

がっくりと膝をついて、グレゴリオが呟く。

この、俺が……このグレゴリオが、凡人、だと……！

……よくも……よくも！

「……てめえ……っ！　名前は、確かナツメだったな！　てめえの顔と名前、覚えたからな！　殺してやる……殺してやる！　必ずだ！　覚えて……」

《試合終了につき、敗者チームをエリアから強制退去させます》

グレゴリオのその叫びはシステムメッセージに遮られ、次の瞬間にはチーム・エクスプロードの三人の体が消えた。

デウスの外に強制的に飛ばされたのだ。デウスは、敗者に興味がない。

そして、それらにはもう目もくれず、瞳を閉じてナツメは呟いた。

「……エイブラハム。最後の最後、君が敵の爆破に耐えられるか、それだけが不安だった。だが、君はちゃんと役割を果たした……。本当にタフなカードだよ……君は」

それは、自分が爆破したカードへの賛辞だった。

その顔を、アキトとメリッサは呆然と見つめていた。

「……あなた……。これが、必勝の正体ってわけ……？　最初から、自分の手札を自爆させようと思ってたの？　だから、近づけさえすれば必ず勝てるって……。それを……自分のカードに自爆させることを計算に入れて、勝負を受けたの!?　あなたっ……」

「そうだよ」

メリッサの言葉に、ナツメが平然と返した。

「それに気づいたのは、半月ほど前だ。僕は、エイブラハムのあの弱すぎるアナザーが実は何かの準備段階なのではとずっと考えていたのさ。たくさんのアームの中に見える、彼のコアを見たときからね」

　前髪をいじりながら、ナツメが答えた。

　アキトは今では知っている。それが、彼がストレスを感じているときにやりがちな仕草だということを。

「そして……それは当たっていた。訓練中に、スキルカードの中で〝もしこれが使えたら切り札たり得る〟と思うスキルカードを、片っ端からアナザー使用中のエイブラハムに使用しているときに、当たりを引いたのさ……つまり、あの自爆を、ね」

「……じゃあ……。あなた、すでに自分のカードを一度自爆させていたというの……！」

「ああ。エイブラハムは、前とは違っていただろう？　彼は、一度僕に自爆させられた後、もう一度ガチャから排出された。そしてそれを引いた相手から、僕がまた買ったのさ」

「……そんな……」

　アキトが呆然と呟く。そう言われればたしかに、エイブラハムはロメオたちのことを覚えていなかったように見えた。

　それもそのはず、割れたカードはその前の記憶をすべて失いガチャに戻る。

　たった今、共に戦っていた彼は、すでに覚えてはいなかったのだ。共に過ごした時を。

　あのエイブラハムは、かつて共に戦ったそれとは違う存在だったのである。

「……つまり、おそらくエイブラハムは元からそういうコンセプトのカードだったってことだろう。自分で自分を運び、アームを使って敵地に潜入し、そこで自爆するための自走式爆弾……それが、彼の役割だったんだ」

仲間から目を逸らして、ナツメが続ける。

「この試合の話を聞いたとき、使える、と思った。スキルに、第二段階なんていうものがあるなんて聞いたこともない。だから、いろいろと知ってる相手ほど、そして経験者であるほどこの罠にはかかるはずだと。実際、〝バレていない自爆〟の効果は絶大だった。十分すぎるリターンだよ。……万が一、相手が第二段階のことを知っていたらまずかったが……。やはり、CVC経験者だからって知ってるわけじゃなかった。これは、僕がCVCで上を目指す中で大きなアドバンテージになるだろう」

「……よく、平然としていられるわね！」

淡々と語るナツメに、メリッサが噛みつく。

「あなた……カードが可哀想だとは思わないの⁉　犠牲にされたエイブラハムがどう思うと……」

「使い捨てられるのも、カードの仕事のうちだ」

「なっ……」

メリッサが言葉を失う。

「前も言っただろう。バトルカードは死なない。割れても記憶を失うだけだ。人の代わりに戦い、そして代わりに倒れるのが彼らの役目。心を持ってはいるが、彼らは消耗品だ。大事にしすぎる方がおかしいのさ。……それこそ、ＣＶＣはカードを消費して金を奪い合う戦争だ。綺麗事なんて通じるわけがない」

「……ＣＶＣ、ＣＶＣって……そんなにＣＶＣが大事なの⁉」

「大事だ」

メリッサの問いに、ナツメがまっすぐに見つめ返して答えた。

「僕には……目的がある。やりたいことがある。そのために、ＣＶＣで上に行かなきゃいけない。そのためなら、いくらでもカードを犠牲にするさ。恨まれようと……蔑まれようとね」

ナツメが振り返り、しっかりと二人を見つめる。

その瞳には、迷いがなかった。

「……けど、コロッセオでなら、それでいいのかもね。綺麗事がいいのなら、ずっとコロッセオにいればいい。君たちなら、やってけるだろう」

「言われなくとも！」

ナツメが言い、メリッサが吐き捨てる。

二人は、この試合で共に手札を失った。それも、相手を道連れにするようにしてだ。

だが、メリッサがアニスを失ったことは望まぬ結果だ。それも、アニスの提案によるものでメリッサがそんなことをしたかったわけではない。

それでも、彼女たちは仲間のためにそれを共に選んだのだ。

しかしナツメは違う。ナツメは、最初から自分の手札を爆弾として〝使用〟するつもりだったのだ。そして、そのことを当のエイブラハムにも伝えていたのである。

全ては、自分たちの勝利、そして自分の利益のために。

結果としては同じでも、両者の間には怖ろしいほどに深い溝があった。

決定的だ。二人の、カードに対する考え方が、いや、生き方の違うことが極限状態の中ではっきりしてしまった。

もう、二人はどうあっても一緒には戦えないだろう。

「ＣＶＣでもどこでも、勝手に行けばいい！　貴方とは、もう会いたくありません！

……予定通り、今日でチームは解散よ」

「……そうだね。最後に、大きく儲けられた。これで、僕はＣＶＣに挑むことにするよ。

二人とも、付き合ってくれて、ありがとう。……じゃあね」

「あっ……」

アキトが、背を向けたナツメに何か声をかけようとした。

……だが、何を言えばいい？

悩んでいるうちに、ナツメは少しだけアキトのほうを振り返ったあと、ホルダーを操作してすっとその姿を消してしまった。

この空間から、いずこかへと移動したのだ。

「…………」

アキトの心に、重いものがのしかかった。

こんなはずではなかった。最後に気持ちよく勝ち、それで終わるはずだったのだ。互いの健闘をたたえ、勝利を祝い、楽しくナツメを送り出すはずだった。

だが、結末はけして明るいものにはならなかった。

メリッサのほうを振り返る。だが、彼女は話しかけるなといった様子でそっぽを向いて俯いていた。

「……」

結局、アキトは声をかけることを諦めて仮想の街を歩き出した。アキトたちが戦ったこのバトルフィールドは、一定時間が経つかアキトたちが退出するまで保たれたままだ。

ロメオを、相棒を迎えに行かなくては。

足音が遠ざかっていくのを聞きながら、メリッサは思う。

（……人となんて、やはり関わらなければよかった。こんな……）

……こんなに、苦しいのなら。

やはり、仲間なんていらなかった。

「……あいつは……良い奴だった」

アキトがロメオの元にたどり着くと、かがみ込んだままのロメオが独り言のように話し始めた。その視線は、エイブラハムが吹き飛んだ場所に向けられている。

「……ロメオ」

「……俺たちは、カードだ。たしかに、消耗品に過ぎないのかもしれない。使い捨てられるのも、仕方がないのかもしれない。割れるのは怖くない、戦うことが嫌いなわけでもない。……それでも、俺たちには心がある。大事だと思うことも、嬉しいと思うことも。だが……」

アキトが肩を貸し、ロメオはよろめく足に力を込めてどうにか立ち上がった。

「……俺は、あいつを自爆させるために必死で守ったわけじゃない。……割れれば、俺たちはすべて忘れてしまう。良いことも、悪いことも。……あいつは……もう、俺のことも、アニスのことも忘れてしまった。もう、悲しみも苦しみもない。だが……今の俺は、あいつのことをまだ覚えているから……そのことが、苦しくて悲しい」

「……ロメオ」

倒れそうになるその体を支えながら、アキトが相棒の名を呟く。それは、口下手なロメオがどうにか自分の気持ちを伝えようとする言葉だった。

そうだ。割れてしまえば、この最高の相棒も、俺のことを忘れてしまうのだ。

今日のことも、今までのことも。たしかに、それは……とても、悲しい。

「……ロメオ、今日のところは休んで。ホルダーの中で、今は傷を癒やしてくれ。……〝キャッチ〟」

命令に従い、ロメオの体が消えカードの中に戻る。

やがて表示されたカード画像のロメオは、いつもよりどこか悲しげに見えた。

それを愛しそうに撫でると、アキトはそのカードを大事そうに己のホルダーにしまう。

よく戦ってくれたね、ありがとう、と呟きながら。

ホルダーの中にいれば、傷はじきに癒える。願わくば、その効果が心にまで及んで欲しいと思わずにはいられない。

（……辛いな）

大好きなカードたちを戦わせる行為。それは、やはり罪深いことなのだろうか。

こんな、人間の欲のために彼らを戦わせることは本当に許されることなのだろうか？

わからない。今の自分には、それに答えを出せない。

そんなことをアキトが思っていると、突如として背後から声がかけられた。

「マスター」

「……キャロか」

そこには、秘書カードのキャロルが立っていた。

今の今まで、高額のかかった試合をハラハラと見守っていた彼女がわざわざ迎えに来てくれたのだ。

「やりましたねー、良い試合でしたよ！　すっごく儲かったし！　特に、土壇場で大盾による受け流しを決めたマスターが勝利を呼び込んだと言っていいでしょう！　おーよしよし、褒めてつかわす！」

言いつつ、キャロがイイコイイコとアキトの頭を撫でる。どこから出したのか、ご丁寧に台に乗って、さらにつま先立ちでだ。

それを少し困った顔でアキトが見ているのに気づくと、キャロはにっこりと微笑んで言った。

「悔いが残ったみたいですねぇ。納得のいかない試合でしたか？」

「そういうわけじゃない。だが……整理がつかないんだ。……ナツメの言うことはもっともだと思う。いざというとき、それこそ大金や自分、大事な人の命がかかっているときにはカードのみんなを犠牲にするのが正しいことのかもしれない。けど……」

言いつつ、ブンブンと頭を振る。

「……それは……俺の思っていたようなことじゃない。俺は……」

「まだ、自分の意見が固まらないんですね。なら、その気持ちをナツメさんに直接言ってきたらどうです？」

　キャロが、あっけらかんと返した。アキトは驚いた表情を浮かべる。

「……けど、ナツメはもう行っちゃって、会うことも……」

「今、ナツメさん、チーム部屋にいますよ。荷物を取りに行ったみたいです」

「えっ……」

「まー、多分そういう感じになるんじゃないかなーと思いまして。確認しておきました、ヴィクトリアに。後々までしこりを残されても困りますしね。……それに」

　キャロはにっこりと微笑んで、アキトの胸をとんと叩いた。

「友達なんでしょ？　なら……こんな別れ方、嫌でしょ。だったら、ちゃんと話さないと」

「……ああ、そうだな」

　その瞳を見つめて、アキトが答える。この秘書カードは、いつもはろくなことを言わないが、大事な場面ではちゃんと助言をくれるのだ。

　今、この場に一人でないことが嬉しい。この、相棒がいてくれることが嬉しかった。

「ありがとう、キャロ。行ってくるよ」

　アキトの手がホルダーを操作し、やがてその姿が消える。

　それを見送り、やれやれとため息をつくと、キャロはエイブラハムが吹き飛んだ場所に行き、かがみ込んで焦げた地面をそっと撫でた。

「……私たちは、カードだからね。こういうお仕事も、まあ、あるよ……。二人とも、お疲れ様。本当に頑張ったね……。お休みなさい」

「……」

ひどく静かなアキトたちのチーム部屋に、ナツメの姿があった。

手には、置きっぱなしにしていた荷物。それを引き上げに来たのだ。

ぐるり、とチーム部屋を見回す。メリッサの選択で選ばれた、南国風の部屋。

そこに通っていたのは、ほんの二ヶ月程度のことであったが、なんだかもっと随分と長い間ここにいた気がする。

（……終わった、な）

胸中で呟く。楽しい時間は終わり、厳しくも辛い挑戦の時間が始まるのだ。

最後がこのようになったことにはメリッサたちに申し訳なく思う。

だが、自分の決断を恥じる気持ちはなかった。

『名残が尽きませんか？』

そこで、秘書カードのヴィクトリアが通信をよこした。

それに軽く頭を振ると、ナツメは答える。

「……いいや。ここまでだ。元から、金を稼ぐために利用しようと思って入ったチームだ。

後腐れは無いさ」

そうだ、元々彼らと組んだのは、彼らの陰で目立たず金を稼ぐためだった。

ＣＶＣに上がるとなれば、そこで対戦する相手が、自分のコロッセオ時代の試合をチェックしていても不思議ではない。できるだけ自分の手の内を隠して、上に行く。そのためには、彼らのような相手がちょうどよかったのだ。

ただそれだけ。乗っかるには便利な、誰とも知らない他人。ただの、自分とは関係の無い誰か。ただ、それだけだったはずだった。

（……バカだな、僕は。思い入れなんて、持たないはずだったのに）

カード馬鹿のアキトと、意地っ張りのメリッサ。共に時間を過ごした彼らを、だが、ナツメは仲間だと思ってしまった。言わなくてもいいようなことを言い、やらなくてもいいようなこともたくさんしてしまった。それは、彼らとの時間がただ楽しかったから。

……そうだ。楽しかったのだ。

この世に青春というものが実在するとしたら、おそらくナツメのそれはこの二ヶ月の出来事だったのだろう。

だが、それも終わった。自分が終わらせたのだ。

「……いいさ。変に気持ちを残すより、嫌われて終わった方がいっそ清々（すがすが）しい」

強がったことを言い、ホルダーを取り出す。

過去はもういらない。後は、前に踏み出すだけだ。

だが、そこでヴィクトリアが声をかけてきた。

『ナツメ様、踏ん切りがついたご様子でよろしいかと。ですが……』

そこで、どたどたとチーム部屋の入り口から物音が響いた。

『あちら様は、そういうわけにはいかないようですわ。きちんと、お話しなさってくださいませ。大事なことでございますわ』

「……ナツメ！」

そこでリビングのドアが勢いよく開いて、アキトが飛び込んできた。

いきなりのことに、驚いた顔でナツメが振り返る。

「……アキト？　……驚いたな……追いかけてきたの？　……なにか、用？」

言いながら、ナツメが顔を背けた。

気まずいと、顔を合わせたがらない。よく知っている、ナツメだ。

「ナツメ。君に、どうしても言っておきたいことがある」

言いながら、リビングをずかずかとナツメの方に歩いて行く。ナツメがこちらに顔を向けた。

「……文句？　いいよ、言いなよ。君たちには、黙ってあんなことをした僕に文句を言う権利が……」

　その顔の前に、すっと手を差し出してアキトが言う。

「……今まで、ありがとう。君と出会って、一緒にいろんなことをやって……とても、楽しかった。君は、どう思っているか知らないけど……歳も、けっこう違うけど……。俺は、君のことを友達だと思っている」

「っ………」

　ナツメが、驚いた顔をした。あれほどの激戦をくぐり抜けた後だが、それは、今日一番に驚いた顔だった。

「初めて、だったんだ。こんなに、誰かと一緒にカードのことなんかを話して楽しく過ごすことが。……夢みたいな時間だった。本当に、ありがとう。一生、忘れない」

「………。……そんなの……僕だって」

　ナツメが、口ごもり視線を逸らす。握手はしてもらえないと気づいて、アキトがそっと手を下ろした。

「……僕のやり方に、文句を言いたかったんじゃないの？」

「言わない。思う所はあるけど……ナツメのやり方は、多分、普通のことだ。君の言うとおり、それは上に行くために必要な考え方なんだと思う。俺が、誰かのカードとの関わり方を制限するのも、おかしな話だ。でも」

　そこで、アキトは一度言葉を切り、そして続けた。

「でも、だからってやり方はそれだけじゃないと俺は思うんだ。それは、やり方の一つ……切り捨てるだけが関わり方じゃないって俺は思う！　カードを、大事にして、その命を惜しんで、とびきり愛して、たった一枚を何よりも輝かせるやり方だって俺はあると思う！　そして……それでも上には行けるって俺は信じてる！」

にこりと笑って、アキトは続けた。

「俺は……カードが好きなんだ！　好きで、好きで、しょうがない！　もっと彼らのことを知りたい、もっと一つになりたい。好きだけで上に行くなんて、絵空事かもしれない、それでも俺は試してみたいんだ。俺は、それで上を目指す！　だって……」

「……だって？」

「……だって。それが、俺の〝やりたいこと〟だからさ」

アキトが言い切り、部屋に静寂が訪れた。

だが、嫌な沈黙ではない。

アキトは笑っていた。ナツメも、笑っていた。

友と過ごす最後の時間を、たしかに二人とも楽しんでいた。

「相変わらず、どうしようもないね君は。いつかそれじゃ限界が来るだろうさ。けど……」

ナツメが歩き出し、アキトの胸に、とん、と手を当てた。

そこには、一枚のカードが挟み込まれている。ナツメが手を離し、落ちそうになったカ

ードをアキトが慌てて掴(つか)んだ。

それは、【緋眼(ひがん)の吸血少女】のカードだった。

「あげる。まあ、頑張りなよ。それで、いつか……」

横を通り過ぎたナツメが振り返って、最後にもう一度笑顔を見せた。

「……いつか、僕たちが凄(すご)く高いところまで行って、そしてもう一度出会えたなら……。

その時は、君の、旅の話を聞かせて欲しい」

「……ああ、お互いに。約束だ」

そうして、アキトとナツメは別れた。

はたして、彼らの道が再び交わる日が来るのか。

それは、まだ誰にもわからない。

そう……たとえそれが、運命を司(つかさど)る女神であっても。

エピローグ

AKITO SEEMS TO DRAW A CARD

現実世界の、アキトの自宅兼事務所。

そこの椅子に腰掛けながら、アキトはぼうっと外を眺めていた。

チームは、解散した。ナツメはＣＶＣに行き、メリッサは「解散です」と一言だけ告げて行ってしまった。

「二人で組まないか」などと未練がましくメリッサに連絡を送ったが、返事はない。

「……はあ」

二人といた時間を思い出す。騒がしくも、楽しいあの時を。

だが、それはもう終わってしまったのだ。

「もう、いつまでそうやってぼけっとしてるつもりですかマスター。そんなことしてる場合じゃないじゃないですか」

ちょっと拗ねた感じのキャロが声をかけてくる。

「こうしてただ漫然と過ごしてる間も、世の中はどんどん動いていて、生きているだけでお金は血液みたいに流れていっちゃうんですよ。ぼけっとする時間があるなら、歩き出しましょうよ！」

「……そうだな。だが……さて、なにからやればいいのやら」

キャロのほうに目線を向け、アキトは頬杖をついてそう返した。

二人と組む前はどうやっていたか。もう一度、ソロで稼ぎを始めるのか。

さて、とはいえどうしたものか……。そんなアキトに、キャロが答える。

「やだなあ、マスター。悩む必要なんかないじゃないですか。初期の目標であった、ある程度のまとまった金は貯まったんです。なら、次にやることなんて決まってるじゃないですか。そう……」

どういうことかとその顔を見つめるアキトに、大きく両手を広げたキャロがにやりと笑って、答えた。

「……ガチャを、回しに行くんです。ガチャを回して……仲間を、増やしましょう」

「ようこそいらっしゃいました、お客様！　お待ちしておりましたよ、さあどうぞどうぞ中にお入りください！」

「ああ、どうも……」

翌日。キャロに導かれるまま、アキトは隣街にある、とあるビルを訪れていた。〝榊原人材派遣サービス〟という社名の入った看板がでかでかと掲げられたそのビルの正面入り口では、スーツを着た、アキトと同年代の男がにこやかな笑みでこちらを出迎えている。

「この度は、当社の〝ガチャ無制限使用サービス〟をご利用いただけますようで、誠にありがとうございます！　ご存じとは思いますが、ご説明を。ご利用料金は一時間ガチャ回し放題でなんとわずか10万ＧＰ！　ただし、当社のガチャは一回10万ＧＰが必要となるＣＶＣのＥ級ガチャ。もちろんそのガチャ費用はお客様のご負担となりますのでご了承くださいませ。それでは、どうぞどうぞ、存分にガチャをお楽しみくださぃ……！」

社内を歩きながら男が説明を続け、そして言葉を締めくくると共に扉を開けた。その先には殺風景な小部屋があり、その中央に一台の機械……〝Ｅ級ガチャ〟という表示が踊るＣＶＣガチャが設置されていた。

「これが、ＣＶＣガチャか……！　通常のガチャと、そこまでは違わないんだな」

案内をしてくれた男が立ち去った部屋の中で、アキトがガチャを物珍しそうに見つめる。その隣で神妙な顔をしたキャロがアキトに忠告した。

「いいですか、マスター。これが一度に10万のガチャであることをお忘れ無きよう。このガチャからは非常に低い可能性ですが、ランクＳＲのカードすら出ます。出せれば大儲けですが……どうかのめり込まないでください。10万なのを、忘れないでくださいよ！」

「ああ、わかってるさキャロ。それじゃあ……」

言いつつ、アキトがガチャの席に座り、満面の笑みを浮かべて続けた。

「さあ……新しい仲間を迎えに行こうか！」

そして——アキトは、再び、カードを引いた。

緋眼の吸血少女

朱い月の夜、彼女は"それ"と出会った。悲鳴と鮮血が夜を埋め尽くし、やがて彼女は目を覚ます。暗闇の只中、たった一人で、変わってしまった自分自身に怯えながら。――緋眼の吸血少女

メインスキル:???

アナザースキル:???

AP4500

吸血鬼　女性

DP3800

あとがき

一巻から続けて読んでくださっている方はありがとうございます。いきなり二巻を読んでらっしゃる方は初めまして。川田両悟でございます。どちら様もこの本を手に取ってくださってありがとうございます。

ただ二巻からの方は、このシリーズは独特な設定をしており、またそのほとんどは一巻のほうに書いてありますので、まずはそちらからお読みいただくことをオススメいたします。とはいえ、私もシリーズものを右も左もわからぬ状態で途中からいきなり読むということをよくやりますので、それはそれでありなのかもしれませんけども。

さて、前置きが長くなりました。アキトはカードを引くようです二巻となります。二巻連続刊行が最初から決まっておりましたので出るのは当然なのですが、どうにか出せて安心しております。仲間を迎え、ずっと死んだ目をして土を掘っていたアキトが楽しそうに人生を謳歌しつつ、それでもどうしようもなく勝負の時を迎える二巻、いかがでしたでしょうか。お楽しみいただけたなら幸いです。

一巻の時は説明も多く、自分自身、慣れぬ執筆作業でガチガチになりながら書いていましたが、二巻ともなりますと多少は肩の力も抜けてきたかなと思う次第です。あとは、この後書きでの硬い文面をなんとかしたいところですね。ですがこれがなかなか難しい。

もっとフランクかつ面白い後書きを書くべきなのかも知れませんが、新人にはなかなかこれが勇気のいる作業でして、ここはどうにか自分にキャラ付けをして乗り切りたいところです。現状の案としましてはこんな感じになります。
・ヒップホップ系作者としていちいち韻を踏みつつ後書きを書く
・シェフ系作者として毎回お料理レシピを公開する
・ＹｏｕＴ◯ｂｅｒ系作者として後書きにはＵＲＬのみを記載し、動画で後書きを公開
　もしくは全部を取り入れ、後書き動画でお料理や歌に挑戦していくのも良いかもしれません。ご意見お待ちしております。


　今回もたくさんの方に助けていただきました。特に美麗なイラストでいつもお話を華やかに飾り付けてくださるよう太先生にお礼を。そして、この巻を手に取ってくださったあなたに何よりのお礼を。本当にありがとうございます。

　……しかし、よう太先生の著者コメントが面白すぎて、私の面白みのなさがヤバいですね。

　さて、最後になりましたが、この続きが出せるかは本の売れ行き次第となります。できれば続きをいくらでもお届けしたいところですが、現実がそれを許してくれるかどうかは未知数です。カードバトルと同じく、出版も勝負の世界ですので。

　ただ、アキトとキャロルの冒険はまだまだこれからですので、どうか見捨てることなくこれからもお付き合いくださったらと思わずにはいられません。

　それでは、また続きでお会いできましたら光栄です。川田両悟でした。

MF文庫J

アキトはカードを引くようです 2

2019年11月25日　初版発行

著者　川田両悟

発行者　三坂泰二

発行　株式会社 KADOKAWA
〒102-8177 東京都千代田区富士見2-13-3
0570-002-001（ナビダイヤル）

印刷　株式会社廣済堂

製本　株式会社廣済堂

Printed in Japan　ISBN 978-4-04-064187-4 C0193

◇◇◇

【ファンレター、作品のご感想をお待ちしています】
〒102-0071 東京都千代田区富士見2-13-12
株式会社KADOKAWA　MF文庫J編集部気付「川田両悟先生」係「よう太先生」係